George Sand
François das Findelkind

manesse im dtv

George Sand
François das Findelkind

Roman

Aus dem Französischen übersetzt
von Guido Meister
Mit einem Nachwort
von Elisabeth Brock-Sulzer

Illustrationen von Tony Johannot

Deutscher Taschenbuch Verlag
Manesse Verlag

Titel der Originalausgabe:
‹François le Champi›, 1848

August 1994
Deutscher Taschenbuch Verlag GmbH & Co. KG,
München
© Manesse Verlag, Zürich
Gestaltungskonzept: Max Bartholl
Umschlagbild: ‹Profil de garçon›, 1890
von Władysław Ślewiński (1854–1918)
Gesamtherstellung: C. H. Beck'sche Buchdruckerei,
Nördlingen
Printed in Germany · ISBN 3-423-24037-7

Vorbemerkung

*François le Champi** wurde zum erstenmal als Feuilleton im *Journal des Débats* veröffentlicht. Im Augenblick, da der Roman zu seinem Abschluß gelangte, brachten die Leitartikel dieser Zeitung die Schlußkapitel einer anderen, ernsteren Geschichte. Es war das katastrophale Ende der Julimonarchie in den letzten Februartagen des Jahres 1848.

Diese Geschichte war natürlich meiner eigenen sehr abträglich, deren Veröffentlichung unterbrochen und verzögert und schließlich, wenn ich mich recht besinne, erst einen Monat später vollendet wurde. Für die Leser, die den Beruf oder die Veranlagung des Künstlers haben und sich für die Herstellungsverfahren der Kunstwerke interessieren, will ich zu meiner Einleitung hinzufügen, daß ich mich wenige Tage vor dem in der genannten Einleitung zusammengefaßten Gespräch auf dem *Chemin aux Napes*** befand.

Der Chemin aux Napes, den wahrscheinlich keiner von euch, liebe Leser, jemals begehen wird, weil

---

* Ein *champi* ist ein Findelkind. (Anm. d. Übers.)

** Das Wort *nape*, das in der übertragenen Bedeutung der einheimischen Sprache die schöne Pflanze bezeichnet, die Seerose oder Nymphaea heißt, beschreibt durch seinen Anklang an das Wort *nappe*, das heißt Tischtuch, treffend diese breiten Blätter, die sich auf dem Wasser ausbreiten wie Decken auf einem Tisch, nur daß ich es lieber mit einem *p* geschrieben sehe und von Napaea*** herleite, was seinem mythologischen Ursprung in keiner Weise Abbruch tut. (Anm. von George Sand)

*** Die *napaeae*, nach Vergil u. a. die Nymphen der Täler. (Anm. d. Übers.)

er zu nichts führt, was in den Morast zu geraten lohnte, ist ein gefährlicher, von einem Graben gesäumter Weg, wo im moderigen Wasser die schönsten Seerosen der Welt gedeihen, weißer als die Kamelien, duftender als die Lilien, reiner als das Gewand einer Jungfrau, während ringsum die Salamander und die Nattern im Schlamm und in den Blüten leben und der Eisvogel, dieser lebendige Blitz der Gestade, wie ein Feuerpfeil niedrig über die wunderbare, wilde Vegetation des Sumpfes streicht.

Ein sechs- oder siebenjähriger Knabe, der ohne Sattel auf einem nicht aufgezäumten Pferd ritt, setzte mit seinem Tier über den Busch, der sich hinter mir befand, ließ sich zu Boden gleiten, gab das Fohlen mit seiner flatternden Mähne zum Weiden frei und kam zurück, um nun selbst über das Hindernis zu springen, das er einen Augenblick zuvor so mühelos zu Pferd genommen hatte. Das war für seine kleinen Beine nicht leicht; ich half ihm und hatte eine Unterhaltung mit ihm, die recht ähnlich war wie das Gespräch zwischen der Müllerin und dem Champi zu Beginn des *Findelkinds*. Als ich ihn nach seinem Alter fragte, das er nicht wußte, brachte er wörtlich die folgende erstaunliche Antwort hervor: «Zwei Jahre.» Er kannte weder seinen eigenen Namen noch den seiner Eltern, noch den seines Wohnorts: Sein ganzes Wissen bestand darin, sich auf einem ungezähmten Pferd zu halten wie ein Vogel auf einem vom Sturm geschüttelten Zweig.

Ich habe für die Erziehung mehrerer Findelkinder beiderlei Geschlechts gesorgt, die körperlich und geistig gut geraten sind. Und doch stimmt es fraglos, daß diese armen Kinder auf dem Land der mangelnden Erziehung wegen im allgemeinen dazu neigen, Banditen zu werden. Da man sie den ärmsten Leuten anvertraut, weil die ihnen gewährte Unterstützung unzureichend ist, werden sie häufig dazu angehalten, zum Nutzen ihrer Pflegeeltern den schimpflichen Beruf des Bettelns auszuüben. Könnte man diese Unterstützung nicht erhöhen und die Bedingung daran knüpfen, daß die Findelkinder nicht betteln werden, nicht einmal an der Tür der Nachbarn und Freunde?

Ich habe zudem auch die Erfahrung gemacht, daß nichts schwieriger ist, als den Kindern, die einmal angefangen haben, bewußt von Almosen zu leben, das Gefühl für die Würde und die Liebe zur Arbeit einzuflößen.

George Sand

Nohant, den 20. Mai 1852

Einleitung

Wir befanden uns auf dem Heimweg von unserem Spaziergang, R. und ich, und der Mondschein verlieh den im Schatten liegenden ländlichen Wegen eine schwach silberne Färbung. Es war ein lauer und sanft verschleierter Herbstabend; wir empfanden die Klangfülle der Luft zu dieser Jahreszeit und das unbestimmbar Geheimnisvolle, das dann in der Natur herrscht. Es ist, als seien alle Lebewesen und alle Dinge beim Herannahen des schweren Winterschlafs heimlich bemüht, vor der unausweichlichen Erstarrung im Eis flüchtig einen Rest Leben und Bewegung zu genießen: Und als wollten sie den Lauf der Zeit umgehen, als fürchteten sie, in der letzten Ausgelassenheit ihres Fests überrascht und unterbrochen zu werden, geben die Lebewesen und die Dinge sich in der Natur lautlos und ohne sichtbare Betriebsamkeit ihren nächtlichen Wonnen hin. Die Vögel lassen anstatt des frohen sommerlichen Schmetterns unterdrückte Rufe ertönen. Die Insekten auf den Feldern geben zuweilen einen kecken Laut von sich, brechen aber sogleich ab und tragen ihren Gesang oder ihre Klage an einen anderen Sammelpunkt. Die Pflanzen beeilen sich, einen letzten Duft zu verströmen, der besonders zart und gewissermaßen verhalten und dadurch um so süßer ist. Die vergilbenden Blätter wagen nicht, im Lufthauch zu erbeben, und die Herden weiden schweigend, ohne den geringsten Aufschrei der Liebe oder des Kampfes.

Wir selbst, mein Freund und ich, schritten mit einer gewissen Behutsamkeit; und von einem unwillkürlichen, andächtigen Gefühl erfüllt, schwiegen wir, um gleichsam auf die jetzt mildere Schönheit der Natur zu achten, auf die bezaubernde Harmonie ihrer letzten Akkorde, die in einem unfaßbaren Pianissimo verklangen. Der Herbst ist ein schwermütiges und liebliches Andante, das wunderbar zum feierlichen Adagio des Winters überleitet.

«Alles ringsum ist so still», sagte mein Freund schließlich, der trotz unseres Schweigens meinen Gedanken gefolgt war, wie ich den seinen folgte; «alles ringsum scheint in ein Träumen versponnen, das den Werken, den Sorgen und den Anliegen der Menschen so fremd und so gleichgültig gegenübersteht, daß ich mich frage, mit welchem Ausdruck, welcher Farbe, welcher Äußerung der Kunst und der Poesie die menschliche Intelligenz wohl in diesem Augenblick die Physiognomie der Natur zu schildern vermöchte. Und um dir den Zweck meiner Überlegungen deutlicher zu umreißen, vergleiche ich diesen Abend, diesen Himmel, diese Landschaft, die erloschen und dennoch harmonisch und vollständig sind, mit der Seele eines frommen, gewissenhaften und besonnenen Bauern, der arbeitet und aus seinen Mühen Gewinn zieht, der das ihm zugefallene Leben genießt, ohne das Bedürfnis, den Wunsch und die Möglichkeit zu haben, sein Innenleben kundzutun und auszudrükken. Ich versuche, mich in den Kern dieses Geheimnisses des ländlichen und natürlichen Lebens zu versetzen, ich, der Zivilisierte, der nicht vermag, aus dem bloßen Naturtrieb Genuß zu schöpfen, und der immer von dem Verlangen umgetrieben wird, den anderen und mir selbst über mein Sinnen und meine Betrachtungen Rechenschaft abzulegen.»

Nach einem Augenblick fuhr mein Freund fort: «Und dann suche ich mühsam, welche Beziehung sich zwischen meiner Verstandeskraft, die zu rege ist, und jener dieses Bauern, die nicht rege genug ist, herstellen läßt; so wie ich mich vorhin fragte, wie die Malerei, die Musik, die Beschreibung, kurzum die Umsetzung der Kunst, die Schönheit dieser Herbstnacht vermehren könnte, die sich mir in einer geheimnisvollen Zurückhaltung offenbart und die mich dank einer mir unbewußten magischen Verständigung völlig durchdringt.»

«Nun», entgegnete ich, «wenn ich richtig verstehe, wie die Frage gestellt ist: Diese Oktobernacht, dieser farblose Himmel, diese Musik ohne ausgeprägte oder andauernde Melodie, diese Stille der Natur, dieser Bauer, der uns dank seiner Einfalt nähersteht, um sie auszukosten und zu verstehen, ohne sie zu beschreiben, nehmen wir das alles zusammen und nennen wir es *das ursprüngliche Leben* im Unterschied zu unserem entwickelten und komplizierten Leben, das ich *das unechte Leben* nennen würde. Du fragst, welche Beziehung, welches unmittelbare Band es zwischen diesen beiden gegensätzlichen Seinsverfassungen der Dinge und der Lebewesen gibt, zwischen dem Palast und der Hütte, zwischen dem Künstler und der Schöpfung, zwischen dem Dichter und dem Landmann.»

«Ja», sagte er, «und noch genauer: zwischen der Sprache dieser Natur, dieses ursprünglichen Lebens, dieser Instinkte, und jener, die von der Kunst, der Wissenschaft, mit einem Wort: der *Erkenntnis* gesprochen wird.»

«Um mich der gleichen Sprache zu bedienen wie

du, antworte ich dir, daß die Beziehung zwischen der *Erkenntnis* und dem *Empfinden* das *Gefühl* ist.»

«Und gerade über die Definition dieses Gefühls befrage ich dich, indem ich mich selbst befrage. Das Gefühl ist mit der Aussage beauftragt, die mich in Verlegenheit bringt; es ist die Kunst, der Künstler, wenn du willst, der den Auftrag hat, diese Unschuld, diese Anmut, diesen Reiz des ursprünglichen Lebens den Menschen verständlich zu machen, die nur das unechte Leben leben und die, gestatte mir, dies zu sagen, im Angesicht der Natur und der göttlichen Geheimnisse die größten Trottel sind, die es auf Erden gibt.»

«Du fragst mich nach nichts Geringerem als dem Geheimnis der Kunst: Suche es im Schoße Gottes, denn kein Künstler wird es dir offenbaren können. Er ist selbst unwissend und könnte keine Auskunft über die Ursachen seiner Inspiration oder seiner Ohnmacht geben. Wie muß man es anstellen, um das Schöne auszudrücken, das Einfache und das Wahre? Weiß ich es etwa? Und wer könnte es uns lehren? Nicht einmal die größten Künstler vermöchten es, denn wenn sie den Versuch unternähmen, hörten sie auf, Künstler zu sein, und würden zu Kritikern; und die Kritik...»

«... und die Kritik», fiel mein Freund ein, «beschnüffelt seit Jahrhunderten das Geheimnis, ohne etwas davon zu verstehen. Aber entschuldige bitte, das war es nicht eigentlich, was ich wissen wollte. Ich bin in diesem Augenblick weniger zivilisiert; ich ziehe die Macht der Kunst in Zweifel. Ich verachte sie, ich vernichte sie, ich behaupte, daß die Kunst noch nicht geboren wurde, daß es sie überhaupt nicht gibt, oder dann, falls es sie gegeben hat, daß ihre Zeit vorbei ist. Sie ist verbraucht, sie hat keine Formen mehr, sie hat keinen Schwung mehr, sie hat keine Mittel mehr, um die Schönheit des Wahren zu besingen. Die Natur ist ein Kunstwerk, aber Gott ist der einzige Künstler, den es gibt, und der Mensch ist nur ein geschmackloser Bearbeiter. Die Natur ist schön, aus allen ihren Poren strömt das Gefühl; in ihr sind die Liebe, die Jugend, die Schönheit unvergänglich. Aber um sie zu empfinden und auszudrücken, verfügt der Mensch nur über unsinnige Mittel und erbärmliche Fähigkeiten. Es wäre besser, er ließe die Finger davon, er wäre stumm und beschränkte sich darauf, sie zu betrachten. Nun, was meinst du dazu?»

«Mir soll es recht sein, und ich wünschte mir nichts Besseres», antwortete ich.

«Ah!» rief er, «du übertreibst es und gehst zu sehr auf mein Paradoxon ein. Ich plädiere; es ist an dir, zu replizieren.»

«Dann will ich also replizieren, daß ein Sonett von Petrarca seine relative Schönheit besitzt, die der Schönheit der Quelle von Vaucluse entspricht; daß eine schöne Landschaft von Ruisdael ihren Zauber besitzt, der jenem des heutigen Abends gleichkommt; daß Mozart ebensogut in der Sprache der Menschen singt wie Philomele in jener der Vögel; daß Shakespeare die Leidenschaften, die Gefühle und die Instinkte so auftreten läßt wie der ursprünglichste und echteste Mensch sie empfinden mag. Das ist die Kunst, die Beziehung, mit einem Wort: das Gefühl.»

«Gewiß, es ist ein Werk der Verwandlung! Aber wenn es mich nicht befriedigt? Wenn ich ungeachtet der Möglichkeit, daß du auf Grund der Urteile des Geschmacks und der Ästhetik tausendmal recht haben könntest, Petrarcas Verse weniger harmonisch finde als das Rauschen des Wasserfalls? Und desgleichen mit allem übrigen? Wenn ich behaupte, daß der heutige Abend einen Zauber besitzt, den mir niemand offenbaren könnte, sofern ich ihn nicht selbst genossen hätte, und daß Shakespeares ganze Leidenschaft kalt ist im Vergleich mit jener, die ich in den Augen eines eifersüchtigen und seine Frau prügelnden Bauern leuchten sehe, was hast du mir dann zu erwidern? Es gilt, mein Gefühl zu überzeugen. Und wenn es sich deinen Beispielen entzieht, wenn es deinen Beweisen widersteht? Die Kunst ist also keine unbesiegbare Darlegung, und selbst die beste Definition vermag das Gefühl nicht immer zu befriedigen.»

«Ich sehe in der Tat nicht, was ich erwidern könnte, außer daß die Kunst eine Darlegung ist, der die Natur den Beweis liefert; daß das Vorherbestehen dieses Beweises immer vorhanden ist, um die Darlegung zu rechtfertigen und ihr zu widersprechen, und daß es keine gute geben kann, wenn man den Beweis nicht mit Liebe und Andacht prüft.»

«Die Darlegung könnte also nicht auf den Beweis verzichten; aber könnte der Beweis nicht auf die Darlegung verzichten?»

«Gott könnte dies bestimmt; aber auch wenn du sprichst, als ob wir nicht der gleichen Meinung wären, mache ich jede Wette, daß der Beweis dir unverständlich bliebe, wenn du nicht in der Tradition der Kunst in tausenderlei Gestalt die Darlegung gefunden hättest und wenn du nicht selbst eine Darlegung wärst, die unablässig auf den Beweis einwirkt.»

«Eben! Gerade das finde ich bedauerlich. Ich möchte diese ewige Darlegung loswerden, die mir auf die Nerven geht, ich möchte in meinem Gedächtnis die Lehren und die Formen der Kunst auslöschen, nie an die Malerei denken, wenn ich die Landschaft betrachte, nie an die Musik, wenn ich dem Wind lausche, nie an die Dichtung, wenn ich das Zusammenspiel des Ganzen bewundere und genieße. Ich möchte alles aus natürlichem Trieb auskosten, denn die Grille, die da zirpt, scheint mir fröhlicher und berauschter als ich.»

«Kurzum, du beklagst dich, weil du ein Mensch bist?»

«Nein; ich beklage mich, weil ich kein ursprünglicher Mensch mehr bin.»

«Es fragt sich aber immer noch, ob er genießen konnte, obwohl er nicht verstand.»

«Ich stelle ihn mir nicht als rohes Tier vor. Da er ein Mensch war, verstand und empfand er anders. Doch ich kann mir keine klare Vorstellung von seinen Gemütsbewegungen machen, und das eben plagt mich. Ich möchte wenigstens das sein, was die heutige Gesellschaft zahlreichen Menschen von der Wiege bis zum Grabe zu sein erlaubt, ich möchte ein Bauer sein; der Bauer, der nicht lesen kann, der Bauer, dem Gott gute Naturtriebe verliehen hat, ein friedfertiges Wesen, ein redliches Gewissen; und ich bilde mir ein, daß ich in dieser Erstarrung der unnützen Fähigkeiten, in dieser Unkenntnis der verderbten Geschmäcke ebenso glücklich wäre wie der von Jean-Jacques erträumte ursprüngliche Mensch.»

«Auch ich habe häufig diesen Traum; und wer träumte ihn nie? Aber er verhülfe deiner Überlegung nicht zum Sieg, denn auch der einfältigste und natürlichste Bauer ist immer noch ein Künstler; und ich behaupte sogar, daß ihre Kunst der unseren überlegen ist. Sie besitzt eine andere Form, aber sie spricht mein Gemüt besser an als alle jene, die unsere Zivilisation hervorbringt. Die Lieder, die Erzählungen, die ländlichen Geschichten schildern mit wenigen Worten, was unsere Literatur nur auszuspinnen und zu verkleiden versteht.»

«Also ist der Sieg mein», fiel mein Freund ein. «Denn diese Kunst ist die reinste und die beste, weil sie ihre Eingebung hauptsächlich aus der Natur bezieht, weil sie in unmittelbarerer Berührung mit ihr steht. Natürlich habe ich übertrieben, wenn ich sagte, die Kunst diene zu nichts; aber ich habe auch gesagt, daß ich wie ein Bauer empfinden möchte, und das nehme ich nicht zurück. Es gibt gewisse bretonische, von Bettelsängern verfaßte Lieder, die in drei Strophen den ganzen Goethe und Byron wert sind und die beweisen, daß diese einfachen Gemüter das Wahre und das Schöne spontaner und vollständiger erfaßt haben als die Gemüter der berühmtesten Dichter. Und die Musik erst! Besitzen wir in unserem Land nicht wunderbare Melodien? Was die Malerei angeht, die haben sie nicht; aber sie besitzen sie in ihrer Sprache, die ausdrucksreicher ist, kräftiger und hundertmal logischer als unsere literarische Sprache.»

«Das gebe ich zu», sagte ich; «und besonders was den letzteren Punkt betrifft, ist es für mich ein Grund zur Verzweiflung, daß ich gezwungen bin, in der Sprache der Akademie zu schreiben, während ich eine andere viel besser kann, die ihr weit überlegen ist, um eine ganze Sphäre von Empfindungen, Gefühlen und Gedanken auszudrücken.»

«Ja, ja, die unverfälschte naive Welt!» sagte er. «Die unbekannte, unserer modernen Kunst verschlossene Welt, die zudem kein Studium dir für dich selbst auszudrücken erlaubt, ganz ungeachtet deines bäuerlichen Wesens, wenn du sie in den Bereich der zivilisierten Kunst einführen willst, in die intellektuellen Gepflogenheiten des unechten Lebens.»

«Leider!» sagte ich. «Ich habe mich viel damit beschäftigt. Ich habe erkannt und wie alle zivilisierten Menschen in mir selbst empfunden, daß das ursprüngliche Leben der Traum und das Ideal aller Menschen aller Zeiten ist. Seit Longus' Schäfern bis zu jenen des Trianon ist das Hirtenleben ein duftendes Eden, wo die vom Aufruhr der Welt geplagten und ermatteten Gemüter Zuflucht zu finden hofften. Die Kunst, diese große Schmeichlerin, die willfährig Tröstungen für die allzu glücklichen Leute sucht, ist durch eine ununterbrochene Reihe von Schäfergedichten gegangen. Und unter diesem Titel: *Geschichte der Schäfergedichte* hätte ich schon oft gerne eine gelehrsame und kritische Studie geschrieben, um alle diese verschiedenen Träume vom ländlichen Leben zu untersuchen, von denen die oberen Schichten sich leidenschaftlich genährt haben.

Ich hätte aufgezeigt, wie ihre Wandlungen immer im umgekehrten Verhältnis zum Verfall der Sitten standen und desto reiner und sentimentaler wurden, je verderbter und schamloser die Gesellschaft war. Ich möchte dieses Buch bei einem Schriftsteller *in Auftrag geben*, der fähiger wäre als ich, es zu schreiben, und nachher würde ich es mit Vergnügen lesen. Es wäre eine vollständige Abhandlung über die Kunst; denn die Musik, die Malerei, die Architektur, die Literatur in allen ihren Formen: Theater, Gedicht, Roman, Ekloge, Lied; die Moden, die Gärten, sogar die Trachten, alles ist vom Taumel des Schäfertraums erfaßt worden. Alle diese Typen des Goldenen Zeitalters, diese Schäferinnen, die erst Nymphen sind und dann Marquisen, diese Schäferinnen aus *Astrée**, die über Florians Lignon** setzen, die unter Ludwig XV. gepudert und in Atlas gekleidet sind und denen Sedaine*** gegen Ende der Monarchie Holzschuhe zu geben beginnt, sind alle mehr oder minder falsch, und heute kommen sie uns albern und lächerlich vor. Wir können nichts mehr mit ihnen anfangen, wir sehen sie nur noch als Schemen in der Oper, und doch haben sie an den Höfen geherrscht und waren die Wonne der Könige, die bei ihnen den Hirtenstab und den Brotbeutel entlehnten.

Ich habe mich oft gefragt, warum es keine Hirten mehr gibt, denn wir haben uns in letzter Zeit nicht so sehr für das Wahre begeistert, daß unsere Künste und unsere Literatur das Recht hätten, diese konventionellen Typen eher zu verachten als diejenigen, die von der Mode aufgebracht werden. Wir halten es heute mit der Energie und der Gräßlichkeit, und wir besticken die Leinwand dieser Landschaften mit Verzierungen, die von haarsträubender Schrecklichkeit wären, wenn wir sie ernst nehmen könnten.»

«Wenn wir keine Hirten mehr haben», sagte mein Freund, «wenn die Literatur jenes falsche Ideal verloren hat, das sicher ebensoviel wert war

* Schäferroman des Dichters Honoré d'Urfé (1567-1625). (Anm. d. Übers.)
** Der Lignon, ein Nebenfluß der Loire, kommt in *Astrée* vor und wird hier stellvertretend für alle Flüsse dem Fabeldichter Florian (1755-1794) zugeschrieben. (Anm. d. Übers.)
*** Michel-Jean Sedaine, Vorläufer des bürgerlichen Dramas (1719-1797). (Anm. d. Übers.)

wie das heutige, erklärt sich das nicht vielleicht aus einem unbewußt von der Kunst unternommenen Versuch, sich anzugleichen, um von allen Intelligenzklassen verstanden zu werden? Treibt der in die Gesellschaft geworfene Traum der Gleichheit die Kunst nicht dazu, brutal und ungestüm zu werden, um die allen Menschen gemeinsamen Instinkte und Leidenschaften zu wecken, gleichgültig, welchem Stand sie angehören? Noch gelangen wir nicht zum Wahren. Es findet sich ebensowenig in der verhäßlichten Wirklichkeit wie im herausstaffierten Ideal; aber man sucht es, das ist offenkundig, und wenn man die Suche verkehrt anfängt, ist man nur um so begieriger, es zu finden. Schau: Das Theater, die Poesie, der Roman haben den Hirtenstab gegen den Dolch vertauscht, und wenn sie das ländliche Leben in Szene setzen, geben sie ihm einen gewissen realistischen Anstrich, der den Schäfergedichten der Vergangenheit fehlte. Aber die Poesie ist darin so gut wie nicht vorhanden, und das bedaure ich; und ich sehe noch kein Mittel, das ländliche Ideal neu zu beleben, ohne es zu schminken oder zu schwärzen. Du hast oft mit diesem Gedanken gespielt, das weiß ich; aber kann es dir gelingen?»

«Diese Hoffnung hege ich nicht», antwortete ich, «denn mir fehlt die Form, und es gibt keine Sprache, um die ländliche Schlichtheit so auszudrücken, wie ich sie empfinde. Wenn ich den Landbewohner so sprechen lasse, wie er redet, bedarf es für den zivilisierten Leser einer gegenübergestellten Übersetzung, und wenn ich ihn sprechen lasse, wie wir reden, mache ich ein unmögliches Geschöpf aus ihm, dem eine nicht in ihm vorhandene Gedankenwelt untergeschoben werden muß.»

«Und selbst wenn du ihn so sprechen ließest, wie er redet, bildete deine eigene Sprache unablässig einen schroffen Gegensatz; du bist für mich nicht gegen diesen Vorwurf gefeit. Du schilderst ein Bauernmädchen, du nennst es *Jeanne,* und du legst ihm Worte in den Mund, die es allenfalls sagen könnte. Aber du, der Romancier, mit deinem Wunsch, deinen Lesern die Anziehungskraft mitzuteilen, die für dich von der Schilderung dieser Gestalt ausgeht, du vergleichst es mit einer Druidin, mit Jeanne d'Arc, was weiß ich? Dein Gefühl und deine Sprache erwecken mit jenen des Mädchens den Eindruck eines Mißverhältnisses wie die Begegnung greller Farbtöne in einem Gemälde; und nicht auf diese Weise kann ich mich ganz in die Natur versetzen, nicht einmal indem ich sie idealisiere. Du hast seitdem mit dem *Teufelsteich* eine bessere Studie des Wahren geschaffen. Aber ich bin noch nicht zufrieden; der *Verfasser* verrät von Zeit zu Zeit seine Anwesenheit; es finden sich *Autorenausdrücke* darin, wie Henri Monnier sagen würde, ein Künstler, dem es gelungen ist, in der *Übertreibung* das *Wahre* zu treffen, und der somit die Aufgabe gelöst hat, die er sich stellte. Ich weiß, daß deine eigene Aufgabe nicht leichter zu lösen ist. Aber du mußt es weiter versuchen, auf die Gefahr hin, daß es nicht gelingt; die Meisterwerke sind allezeit nur geglückte Versuche. Tröste dich, falls du keine Meisterwerke hervorbringst, wenn du nur gewissenhaft Versuche unternimmst.»

«Ich bin von vornherein getröstet», erwiderte ich, «und ich werde es von neuem versuchen, wenn du willst; gib mir deinen Rat.»

«Gestern, zum Beispiel», sagte er, «haben wir einer dörflichen Abendunterhaltung auf dem Bau-

ernhof beigewohnt. Der Hanfbrecher hat bis um
zwei Uhr morgens Geschichten erzählt. Die Magd
des Pfarrers hat ihm dabei geholfen oder ihn be-
richtigt; sie war eine leidlich gebildete Bäuerin, er
ein ungebildeter Bauer, aber zum Glück begabt und
auf seine Art redegewandt. Zusammen haben die
beiden uns eine wahre Geschichte erzählt, die ziemlich lang war und wie ein Familienroman wirkte.
Hast du sie behalten?»

«Genau, und ich könnte sie wortwörtlich in ihrer
Sprache nacherzählen.»

«Aber ihre Sprache erfordert eine Übersetzung;
es muß französisch geschrieben werden, und man
darf sich kein Wort erlauben, das nicht französisch
wäre, außer wenn es so verständlich ist, daß es keiner Fußnote für den Leser bedarf.»

«Ich sehe schon, du auferlegst mir eine Arbeit,
über der man den Verstand verliert und in die ich
mich nie gestürzt habe, ohne mit mir selbst unzufrieden und vom Gefühl meiner Ohnmacht durch-
drungen aufzutauchen.»

«Gleichviel! Du wirst dich wieder hineinstürzen,
denn ich kenne euch, ihr Künstler! Eure Leidenschaft wird nur von Hindernissen entfacht, und
was ihr unternehmt, ohne zu leiden, das macht ihr
schlecht. Komm, fang an, erzähle mir die Geschichte des *Findelkinds,* aber nicht so, wie ich sie
gestern mit dir gehört habe. Für unsere in diesem
Boden wurzelnden Gemüter und Ohren war es ein
Meisterwerk der Erzählkunst. Aber erzähle sie mir
jetzt, wie wenn du zu deiner Rechten einen Pariser
hättest, der die moderne Sprache spricht, und zu
deiner Linken einen Bauern, vor dem du keinen
Satz, kein Wort aussprechen wolltest, dessen Sinn
ihm unverständlich bliebe. Du mußt also für den

Pariser klar und für den Bauern bodenständig sprechen; dieser wird dir vorwerfen, zu farblos zu sein,
und jener, zu schwerfällig. Ich selbst werde auch
mitmachen - versuche ich doch herauszufinden,
dank welcher Entsprechung die Kunst das Geheimnis der ursprünglichen Einfachheit erschließen und
dem Geist den in der Natur vorhandenen Zauber
mitteilen kann, ohne aufzuhören, die Kunst für alle
Menschen zu sein.»

«Es ist also eine Art Übung, die wir gemeinsam
unternehmen?»

«Ja, denn ich werde dich unterbrechen, wenn du
strauchelst.»

«Schön, setzen wir uns auf diese mit Quendel
überwachsene Anhöhe. Ich fange an; aber erlaube
mir, zuerst ein paar Tonleitern zu singen, um meine
Stimme klarer und biegsamer zu machen.»

«Was meinst du damit? Ich wußte nicht, daß du
singst.»

«Ich meine das bildlich. Ich glaube, ehe man ein
Werk der Kunst in Angriff nimmt, muß man sich
irgendein Thema in Erinnerung rufen, das einem
als Vorbild dienen und den Geist in die gewünschte
Stimmung versetzen kann. Um mich also auf das
vorzubereiten, was du von mir forderst, muß ich
zuerst die Geschichte von Brisquets Hund auf-
sagen, die kurz ist und die ich auswendig weiß.»

«Was ist das für eine Geschichte? Ich erinnere
mich nicht daran.»

«Es ist ein für meine Stimme verfaßter musika-
lischer Satz von Charles Nodier, der mit seiner eigenen Stimme alle möglichen Tonarten durchpro-
biert hat; ein großer Künstler, meiner Meinung
nach, dem nicht soviel Ruhm zuteil geworden ist,
als er verdiente, weil unter der Vielzahl seiner Ver-

suche mehr schlechte sind als gute; aber wenn ein Mann zwei oder drei Meisterwerke hervorgebracht hat, so kurz sie sein mögen, muß man ihm die Krone verleihen und ihm seine Irrtümer vergeben. Nun also zu Brisquets Hund. Hör zu.»

Und ich trug meinem Freund die Geschichte von *Bichonne* vor, die ihn zu Tränen rührte und die er als stilistisches Meisterwerk bezeichnete.

«Ich sollte im Gedanken an mein Unterfangen entmutigt sein», sagte ich ihm, «denn das Abenteuer, das *Brisquets armem Hund* widerfahren ist und das zu erzählen keine fünf Minuten gedauert hat, weist keinen Flecken auf, keinen Schatten; es ist ein reiner, vom vorzüglichsten Steinschneider der Welt geschliffener Diamant; denn Nodier war im wesentlichen ein Steinschneider der Literatur. Ich aber bin nicht bewandert in der Kunst, und so muß ich das Gefühl zu Hilfe rufen. Und zudem kann ich nicht versprechen, mich kurz zu fassen, und ich weiß von vornherein, daß die vornehmste aller Eigenschaften, nämlich gut und kurz zu sein, meiner Übung abgehen wird.»

«Fang nur einmal an», sagte mein Freund, den meine Umschweife ein wenig ungeduldig machten.

«Es ist dies also die Geschichte von François *le Champi*», fuhr ich fort, «und ich will versuchen, mich wortwörtlich an den Anfang zu erinnern. Monique, die alte Magd des Pfarrers, begann damit.»

«Einen Augenblick», sagte mein Zuhörer streng, «ich unterbreche dich schon beim Titel. *Champi* ist nicht französisch.»

«Ich bitte sehr um Verzeihung», antwortete ich. «Im Wörterbuch wird das Wort als *veraltet* bezeichnet, aber Montaigne verwendet es, und ich erhebe keinen Anspruch darauf, französischer zu sein als die großen Schriftsteller, die die Sprache schaffen. Ich werde meine Erzählung also nicht François das Findelkind oder François der Bastard betiteln, sondern eben François *le Champi*, das heißt das auf dem Feld im Stich gelassene Kind, wie man früher allüberall sagte und bei uns noch heute sagt.»

I

Eines Morgens, als Madeleine Blanchet, die junge Müllerin von Cormouer, ans andere Ende ihrer Wiese zum Brunnen ging, um zu waschen, fand sie einen kleinen Jungen, der vor ihrem Waschbrett saß und mit dem Stroh spielte, das den Knien der Wäscherinnen als Kissen dient. Madeleine Blanchet erblickte das Kind und wunderte sich, weil sie es nicht kannte, denn es gibt dortzulande keine vielbegangenen Straßen, und man begegnet nur Leuten aus der Gegend.

«Wer bist du, mein Junge?» sagte sie zu dem Kleinen, der sie mit einem vertrauensvollen Ausdruck anschaute, aber die Frage nicht zu verstehen schien. «Wie heißt du?» fuhr Madeleine Blanchet fort, während sie ihn neben sich setzte und zum Waschen niederkniete.

«François», antwortete das Kind.

«François wer?»

«Wer?» wiederholte das Kind einfältig.

«Wessen Sohn bist du?»

«Das weiß ich doch nicht!»

«Du weißt nicht, wie dein Vater heißt!»

«Ich habe keinen.»

«Ist er denn gestorben?»

«Ich weiß nicht.»

«Und deine Mutter?»

«Sie ist dort drüben», sagte das Kind und zeigte auf eine sehr ärmliche Hütte, die zwei Gewehrschuß weit von der Mühle entfernt lag und deren Strohdach man zwischen den Weiden sah.

«Ach so!» sagte Madeleine. «Sie ist die Frau, die hier Wohnung genommen hat, die gestern abend eingezogen ist?»

«Ja», antwortete das Kind.

«Und vorher habt ihr in Mers gewohnt.»

«Ich weiß nicht.»

«Du bist ein recht unwissender Junge. Weißt du wenigstens, wie deine Mutter heißt?»

«Ja, sie ist die Zabelle.»

«Isabelle wer? Kennst du keinen andern Namen?»

«Nein!»

«Was du weißt, macht dir wenigstens sicher kein Kopfweh», sagte Madeleine lächelnd und begann, ihre Wäsche zu schlagen.

«Was habt Ihr gesagt?» fragte der kleine François.

Madeleine schaute ihn wieder an; er war ein hübscher Knabe und hatte wunderbare Augen. «Schade», dachte sie, «daß er so dumm zu sein scheint. – Wie alt bist du?» fuhr sie fort. «Aber vermutlich weißt du das auch nicht.»

Tatsächlich wußte er das genausowenig wie alles übrige. Er gab sich jede Mühe, ihr zu antworten; vielleicht beschämte es ihn, daß die Müllerin ihm vorwarf, so beschränkt zu sein, und schließlich brachte er die folgende erstaunliche Antwort hervor: «Zwei Jahre!»

«Gewiß doch!» versetzte Madeleine und wrang ihre Wäsche aus, ohne ihn länger anzublicken. «Du bist ein rechtes Dummerchen, und man hat sich keine Mühe genommen, um dir etwas beizubringen, mein armer Kleiner. Der Statur nach bist du mindestens sechs, aber was den Verstand angeht, bist du noch keine zwei.»

«Vielleicht schon!» antwortete François. Dann unternahm er eine neue Anstrengung, um gewisser-

maßen die Starre seines armen Geistes abzuschüt-
teln, und sagte: «Ihr habt gefragt, wie ich heiße?
Man nennt mich François le Champi.»

«Ah! Ah! Ich verstehe», sagte Madeleine und gab
ihm einen mitleidigen Blick; und nun wunderte
sie sich nicht mehr, daß dieses hübsche Kind so
schmutzig war, so zerlumpt und so dem Stumpf-
sinn seines Alters anheimgegeben.

«Du bist leicht angezogen», sagte sie, «und das
Wetter ist nicht warm. Ich bin sicher, daß dich
friert.»

«Ich weiß nicht», antwortete das arme Findelkind, das so an das Leiden gewöhnt war, daß es
nicht mehr darauf achtete.

Madeleine seufzte. Sie dachte an ihren kleinen
Jeannie, der erst einjährig war und, von seiner
Großmutter gehütet, schön warm in seiner Wiege
schlief, während dieses arme Findelkind mutter-
seelenallein am Rand des Brunnens schlotterte und
nur von der Güte der Vorsehung davor bewahrt
wurde, darin zu ertrinken, denn es war einfältig genug, nicht zu ahnen, daß man stirbt, wenn man ins
Wasser fällt.

Madeleine, die ein sehr mitfühlendes Herz besaß, faßte den Arm des Knaben, der ihr heiß vor-
kam, obschon ihn von Zeit zu Zeit ein Schauer
überlief und sein hübsches Gesicht sehr blaß war.

«Hast du Fieber?» sagte sie.

«Das weiß ich doch nicht!» antwortete das Kind,
das tatsächlich Fieber hatte.

Madeleine Blanchet löste ihr wollenes Tuch, das
ihre Schultern bedeckte, und hüllte das Findelkind
darin ein, das alles mit sich geschehen ließ und weder Erstaunen noch Befriedigung zeigte. Sie nahm
sämtliches Stroh unter ihren Knien weg und berei-

tete dem Knaben damit ein Lager, wo er ungesäumt einschlief. Madeleine wusch die Sachen ihres kleinen Jeannie, was im Handumdrehen geschah, denn sie hatte es eilig, wieder bei ihm zu sein und ihm die Brust zu geben.

Als fertig gewaschen war, hatte das Gewicht der Wäsche um die Hälfte zugenommen, und sie konnte nicht alles auf einmal heimtragen. Sie ließ ihren Wäschebleuel und einen Teil des Gewaschenen neben dem Brunnen liegen und gedachte, das Findelkind zu wecken, wenn sie vom Haus zurückkam. Madeleine Blanchet nahm mit, soviel sie nur tragen konnte; sie war weder groß noch stark, aber eine sehr hübsche und ungemein tüchtige Frau, die für ihr sanftes Wesen und ihren gesunden Menschenverstand bekannt war.

Als sie ihre Haustür öffnete, vernahm sie auf der kleinen Brücke der Schleuse das Klappern von Holzschuhen, die hinter ihr herliefen, und sich umwendend sah sie das Findelkind, das sie eingeholt hatte und ihr ihren Wäschebleuel brachte, ihre Seife, den Rest ihrer Wäsche und ihr wollenes Schultertuch.

«Oh! Oh!» sagte sie und legte ihm die Hand auf die Schulter, «du bist gar nicht so dumm, wie ich glaubte, denn du bist dienstfertig, und wer ein gutes Herz hat, ist niemals ein Dummkopf. Komm herein, mein Junge, komm und ruh dich aus. Sieh einer diesen armen Kleinen! Er trägt mehr, als er selbst wiegt!»

Zur alten Müllerin, die ihr das ganz rosige und selig lächelnde Kind brachte, sagte sie: «Schaut, Mutter, da ist ein kleines Findelkind, das krank scheint. Ihr wißt, was gegen das Fieber gut ist; man sollte versuchen, ihn gesund zu machen.»

«Ach, es ist das Elendsfieber!» entgegnete die Alte und schaute François an. «Mit kräftiger Suppe könnte er gesund werden, aber er hat keine. Er ist der Champi jener Frau, die gestern eingezogen ist. Sie ist die Mieterin deines Mannes, Madeleine. Sie scheint bettelarm zu sein, und ich fürchte, daß sie nicht oft zahlen wird.»

Madeleine erwiderte nichts. Sie wußte, daß ihre Schwiegermutter und ihr Mann wenig Mitleid hatten und das Geld mehr liebten als ihren Nächsten. Sie stillte ihr Kind, und als die Alte hinausgegangen war, um ihre Gänse heimzuholen, nahm sie François an der Hand, Jeannie auf den anderen Arm und begab sich mit beiden zur Zabelle.

Zabelle, die in Wirklichkeit Isabelle Bigot hieß, war eine fünfzigjährige alte Jungfer, die zu den anderen so gut war, wie man eben sein kann, wenn man selbst nichts besitzt und unablässig um sein kleines bißchen Leben zittern muß. Sie hatte François von einer Frau übernommen, die gestorben war, als sie ihn gerade abgestillt hatte, und seitdem hatte sie ihn aufgezogen, um jeden Monat ein paar Silbermünzen zu empfangen und ihn zu ihrem kleinen Knecht zu machen; aber sie hatte ihre Tiere verloren und wollte andere auf Borg kaufen, sobald sie es vermochte, denn sie lebte nur von ein paar wenigen Schafen und einem Dutzend Hühnern, die sich ihrerseits auf dem Gemeindeland ernährten. Bis François alt genug war für die Erstkommunion, bestand seine Arbeit darin, diese magere Herde am Rand der Wege zu hüten, und später würde man ihn so gut wie möglich verdingen, als Schweinehirt oder als kleinen Pflugknecht, und wenn er eine gute Gesinnung hatte, so würde er seiner Pflegemutter einen Teil seines Lohns geben.

Es war kurz nach Martini; Zabelle war aus Mers fortgezogen und hatte ihre letzte Ziege zur Tilgung einer Restschuld ihrer Miete zurückgelassen. Sie richtete sich in der kleinen Hütte ein, die zur Mühle von Cormouer gehörte, ohne als Bürgschaft etwas anderes mitzubringen als eine armselige Schlafstelle, zwei Stühle, eine Truhe und ein wenig irdenes Geschirr. Aber das Haus war in so schlechtem Zustand, so unzulänglich vor der Witterung geschützt und von so geringem Wert, daß man es entweder leerstehen lassen oder aber die Risiken der Armut der Mieter auf sich nehmen mußte.

Madeleine unterhielt sich nun mit Zabelle und merkte bald, daß sie keine schlechte Frau war, daß sie gewissenhaft alles tun wollte, um zu zahlen, und daß sie für ihr Findelkind eine gewisse Zuneigung empfand. Nur hatte sie sich daran gewöhnt, es leiden zu sehen, weil sie ja selbst litt, und das Mitgefühl, das die reiche Müllerin diesem armen Kind entgegenbrachte, erfüllte sie zunächst mit mehr Erstaunen als Freude.

Nachdem sie sich schließlich von ihrer Überraschung erholt und begriffen hatte, daß Madeleine nicht gekommen war, um etwas von ihr zu verlangen, sondern um ihr einen Dienst zu erweisen, faßte sie Zutrauen, erzählte ihr ausführlich ihre ganze Geschichte, die ähnlich war wie die aller Notleidenden, und bedankte sich überschwenglich für ihre Anteilnahme. Madeleine sagte ihr, daß sie alles tun werde, um sie zu unterstützen; aber sie bat sie, mit keinem Menschen darüber zu sprechen, und gestand, daß sie ihr nur heimlich helfen konnte und nicht in der Lage war, in ihrem Hause frei zu schalten und zu walten.

Zunächst einmal gab sie Zabelle ihr wollenes

Schultertuch, verlangte dafür aber das Versprechen, daß sie es noch am gleichen Abend zerschnitt, um dem Findelkind ein Kleidungsstück daraus zu machen, und daß sie niemanden die Stücke sehen ließ, ehe sie es fertig genäht hatte. Sie merkte genau, daß Zabelle sich nur widerwillig dazu bereitfand und das Schultertuch eher für sich selbst für gut und nützlich hielt. Madeleine sah sich gezwungen, ihr zu sagen, sie werde sie ihrem Schicksal überlassen, falls sie nicht binnen drei Tagen das Findelkind warm gekleidet sah.

«Meint Ihr denn», fügte sie hinzu, «daß meine Schwiegermutter, der nichts entgeht, mein Umschlagtuch nicht auf Euren Schultern erkennt? Wollt Ihr denn, daß ich Schwierigkeiten bekomme? Ihr dürft sicher sein, daß ich Euch noch auf mancherlei Weise helfen werde, vorausgesetzt, daß Ihr in diesen Dingen eine gewisse Zurückhaltung offenbart. Und zudem müßt Ihr wissen, daß Euer Champi Fieber hat, und wenn Ihr ihn nicht gut pflegt, stirbt er.»

«Glaubt Ihr?» sagte Zabelle. «Das wäre ein großer Kummer für mich, denn seht, dieser Kleine besitzt einen Charakter, wie man selten einen findet; er klagt nie und ist ebenso fügsam wie ein Kind aus gutem Hause; er ist das genaue Gegenteil der anderen Findelkinder, die randalieren, unausstehlich sind und immer böse Streiche im Schild führen.»

«Weil man sie von sich stößt und schlecht behandelt. Wenn dieses hier gut ist, so deshalb, weil Ihr gut zu ihm seid, dessen dürft Ihr gewiß sein.»

«Das stimmt», sagte Zabelle; «die Kinder haben mehr Einsicht, als man meint. Der Kleine hier, zum Beispiel, ist nicht eben schlau, aber er versteht es doch sehr gut, sich nützlich zu machen. Als ich letztes Jahr einmal krank war, er war damals erst fünf, hat er mich gepflegt wie ein Erwachsener.»

«Hört», sagte die Müllerin, «schickt ihn mir jeden Morgen und jeden Abend, wenn ich meinem Kleinen seine Suppe gebe. Ich werde zuviel kochen, und er kann den Rest essen; das wird nicht auffallen.»

«Oh! Aber ich würde mich nicht getrauen, ihn zu Euch zu bringen, und von selbst wird er nie hell genug sein, um zu wissen, wie spät es ist.»

«Machen wir es so: Wenn die Suppe fertig ist, lege ich meine Kunkel auf die Brücke der Schleuse. Von hier aus könnt Ihr das sehr gut sehen. Dann schickt Ihr das Kind mit einem Holzschuh in der Hand, so als ob es Glut holen wollte, und da es dann meine Suppe ißt, habt Ihr die Eure für Euch allein. So seid Ihr beide besser genährt.»

«Richtig», sagte Zabelle. «Ich sehe, daß Ihr eine verständige Frau seid, und es ist mein Glück, daß ich hierher gekommen bin. Man hatte mir große Angst vor Eurem Mann gemacht, der im Ruf steht, ein harter Mensch zu sein, und wenn ich anderswo etwas gefunden hätte, wäre ich nicht in sein Haus gezogen, um so mehr, als es in schlechtem Zustand ist und er viel Geld dafür verlangt. Aber ich sehe, daß Ihr es mit den armen Leuten gut meint und mir helfen werdet, meinen Champi großzuziehen. Ach! Wenn die Suppe ihm sein Fieber nehmen könnte! Das fehlte mir gerade noch, dieses Kind zu verlieren! Es bringt mir kaum etwas ein, und alles, was ich vom Findelhaus bekomme, geht für seinen Unterhalt drauf. Aber ich habe es lieb, wie wenn es mein eigenes wäre, denn ich sehe, daß es gut ist und mich später unterstützen wird. Wißt Ihr übrigens, daß der Junge für sein Alter gut gediehen ist und schon früh imstande sein wird, zu arbeiten?»

So wuchs François, das Findelkind, dank der Fürsorge und dem guten Herzen Madeleines, der Müllerin, auf. Er wurde sehr schnell wieder gesund, denn er war aus gutem Holz geschnitzt, wie man bei uns sagt, und es gab in der ganzen Gegend keinen Reichen, der sich nicht einen Sohn mit einem so hübschen Gesicht und einem so gut gebauten Körper gewünscht hätte. Zudem war er beherzt wie ein Mann; er schwamm im Fluß wie ein Fisch, tauchte bis unter die Schütze der Mühle und fürchtete das Wasser ebensowenig wie das Feuer; er sprang auf die ungebärdigsten Fohlen und führte sie auf die Weide; dabei band er ihnen nicht einmal ein Seil um das Maul, sondern gab ihnen nur die Fersen, um sie geradeaus gehen zu lassen, oder hielt sich an der Mähne, um mit ihnen über die Gräben zu setzen. Und das Merkwürdige dabei war, daß er alles in einer völlig ruhigen Art tat, ohne jede Mühe, ohne etwas zu sagen und ohne je sein einfältiges und ein wenig verschlafenes Aussehen zu verlieren.

Dieses Aussehen war schuld daran, daß man ihn für dumm hielt; aber nichtsdestoweniger gab es keinen kühneren, geschickteren und selbstsichereren Knaben als ihn, wenn es galt, ein Elsternnest auf der höchsten Spitze einer Pappel auszuheben oder eine weit vom Haus entfernt verlorene Kuh wiederzufinden oder auch eine Drossel mit einem Steinwurf zu erlegen. Die anderen Kinder schrieben es dem *günstigen Geschick* zu, das hienieden angeblich das Los der Findelkinder ist. Deshalb ließen sie ihn auch immer vorangehen, wenn sie einen gefährlichen Zeitvertreib vorhatten.

«Dem da wird nie etwas zustoßen», sagten sie, «weil er ein Findelkind ist. Der Saatweizen wird von Schädlingen bedroht, aber Unkraut verdirbt nicht.»

Zwei Jahre lang ging alles gut. Zabelle trieb Mittel auf, um ein paar Tiere zu kaufen, wie, wußte niemand recht. Sie leistete in der Mühle zahlreiche kleine Dienste und erlangte von Meister Cadet Blanchet, dem Müller, daß er das allenthalben lecke Dach ihres Hauses ein wenig flicken ließ. Sie konnte sich und ihr Findelkind etwas besser kleiden und schien nach und nach weniger unglücklich als bei ihrer Ankunft. Gewiß, Madeleines Schwiegermutter machte einige recht harte Bemerkungen über verschiedene Dinge, die abhanden gekommen waren, und über die Unmenge Brot, die im Hause verzehrt wurde. Einmal sah Madeleine sich sogar gezwungen, sich selbst zu beschuldigen, damit kein Verdacht auf Zabelle fiel; aber entgegen der Erwartung der Schwiegermutter wurde Cadet Blanchet sozusagen überhaupt nicht böse und schien sogar eher geneigt, ein Auge zuzudrücken.

Das Geheimnis dieser Nachgiebigkeit erklärte sich aus dem Umstand, daß Cadet Blanchet in seine Frau noch sehr verliebt war. Madeleine war hübsch und dabei kein bißchen gefallsüchtig; man beglückwünschte ihn überall dazu, und außerdem gingen seine Geschäfte sehr gut; da er einer jener Männer war, die nur aus Angst vor dem Unglücklichsein böse sind, behandelte er Madeleine mit mehr Rücksicht, als man ihm zugetraut hätte. Das weckte in Mutter Blanchet ein wenig Eifersucht, und sie rächte sich entsprechend mit kleinen Schikanen, die Madeleine schweigend ertrug, ohne sich je bei ihrem Mann zu beklagen.

Das war die beste Art, ihnen schneller ein Ende zu setzen, und in dieser Beziehung war keine Frau je geduldiger und vernünftiger als Madeleine. Aber man sagt bei uns, daß der Gewinn der Güte schneller verbraucht ist als jener der Bosheit, und es kam der Tag, an dem Madeleine ihrer Mildtätigkeit wegen gründlich ausgefragt und ausgescholten wurde.

In jenem Jahr hatte es das Korn verhagelt, und der über die Ufer getretene Fluß hatte das Heu verdorben. Cadet Blanchet war schlecht gelaunt. Als er einmal mit einem anderen Müller, der vor kurzem ein sehr schönes Mädchen geheiratet hatte, vom Markt zurückkam, sagte der andere zu ihm: «Im übrigen warst du *zu deiner Zeit* auch nicht zu bedauern, denn deine Madelon war auch ein äußerst einnehmendes Mädchen.»

«Was meinst du mit *meiner Zeit* und deine *Madelon war*? Man könnte geradezu meinen, wir seien alt, sie und ich! Madeleine ist immerhin erst zwanzig, und soviel ich weiß, ist sie nicht häßlich geworden.»

«Nein, nein, das meine ich nicht», sagte der andere. «Natürlich sieht Madeleine immer noch gut aus; aber schließlich, wenn eine Frau so jung heiratet, drehen sich die Leute nicht mehr lange nach ihr um. Sobald sie das erste Kind gestillt hat, ist sie schon ermüdet; und deine Frau war nie ein Riese, und so kommt es, daß sie jetzt recht mager ist und ihr blühendes Aussehen verloren hat. Sie ist doch nicht etwa krank, die arme Madelon?»

«Nicht daß ich wüßte. Warum fragst du?»

«Nun! Ich weiß nicht. Ich finde, sie sieht traurig aus wie jemand, der leidet oder Verdruß hat. Ah! Für die Frauen gibt es nur einen kurzen Augenblick, sie sind wie die blühenden Reben. Ich muß mich darauf gefaßt machen, daß meine auch ein langes Gesicht bekommt und eine ernste Miene. So sind wir eben, wir Männer! Solange unsere Frauen uns Eifersucht einflößen, sind wir verliebt in sie. Das macht uns böse, wir schimpfen, und manchmal prügeln wir; das bekümmert sie, sie weinen; sie bleiben zu Hause, sie haben Angst vor uns, sie langweilen sich, sie haben uns nicht mehr lieb. Nun sind wir höchst zufrieden, wir sind die Meister! Aber dann merken wir eines schönen Tages auch, daß unsere Frau niemanden mehr gelüstet, weil sie häßlich geworden ist, und dann, welch ein Schicksal!, dann hören wir auf, sie zu lieben, und es gelüstet uns nach den Frauen der anderen... Auf Wiedersehen, Cadet Blanchet; du hast mir meine Frau heut abend ein bißchen zu kräftig umarmt; ich habe es schon gesehen, aber nichts erwähnt. Dies nur, um dir jetzt zu sagen, daß wir deswegen nicht weniger gute Freunde sind und daß ich mich bemühen werde, sie nicht so trübselig werden zu lassen wie deine, denn ich kenne mich. Wenn ich eifersüchtig bin, werde ich böse, und wenn ich keinen Grund mehr zur Eifersucht habe, bin ich vielleicht noch schlimmer.»

Eine gute Lektion ist für einen klugen Kopf von Nutzen; nur war Cadet Blanchet zwar intelligent und rührig, aber allzu stolz, um einen klugen Kopf zu haben. Er kam mit geröteten Augen und hochgezogener Schulter nach Hause. Er schaute Madeleine an, als hätte er sie seit langem nicht gesehen. Er bemerkte, daß sie blaß und verändert aussah. Er fragte sie in so grobem Ton, ob sie krank sei, daß sie noch bleicher wurde und mit ganz schwacher Stimme antwortete, es gehe ihr gut. Das ärgerte ihn, Gott weiß warum, und er setzte sich mit dem Verlangen an den Tisch, mit jemandem Streit anzufangen. Die Gelegenheit ließ nicht lange auf sich warten. Man sprach von den hohen Getreidepreisen, und Mutter Blanchet machte wie jeden Abend ihre Bemerkung, es werde zuviel Brot gegessen. Madeleine sagte nichts. Cadet Blanchet wollte sie für die Vergeudung verantwortlich machen. Die Alte erklärte, sie habe an eben diesem Morgen das Findelkind dabei ertappt, wie es mit einem halben Laib Schwarzbrot fortging... Madeleine hätte böse werden und ihnen die Stirn bieten sollen, aber es kamen ihr nur die Tränen. Blanchet dachte an die Worte seines Gevatters, und das verschärfte seine Streitsucht noch mehr; so kam es – und versucht zu erklären, wenn ihr könnt, wie es dazu kam –, daß er von diesem Tage an seine Frau nicht mehr liebte und sie unglücklich machte.

II

Er machte sie unglücklich; und da er sie auch
vorher nie richtig glücklich gemacht hatte, stand
ihre Ehe zwiefach unter einem unglücklichen Stern.
Sie hatte sich als Sechzehnjährige mit diesem rot-
bäckigen Mann verheiraten lassen, der kein wei-
ches Herz besaß, der sonntags viel trank, der den
ganzen Montag zornig und am Dienstag verdrieß-
lich war und der während der folgenden Tage wie
ein Besessener arbeitete, um die verlorene Zeit einzuholen, denn er war geizig und hatte somit keine
Muße, sich um seine Frau zu kümmern. Am Sams-
tag war er weniger unmanierlich, weil er sein Pen-
sum geschafft hatte und daran dachte, sich am
nächsten Tag zu vergnügen. Aber ein Tag guter
Laune in der Woche ist nicht genug, und Madeleine
sah ihn nicht gern aufgekratzt, denn sie wußte, daß
er am nächsten Abend zornsprühend nach Hause
kommen würde.

Aber da sie jung und lieb war und so sanftmütig,
daß man ihr nie lange grollen konnte, gab es noch
Augenblicke der Gerechtigkeit und der Zuneigung,
und dann faßte er ihre beiden Hände und sagte:
«Madeleine, es gibt keine bessere Frau als Euch,
und ich glaube, Ihr seid eigens für mich erschaffen
worden. Wenn ich ein gefallsüchtiges Ding geheiratet hätte, wie ich deren so viele sehe, hätte ich es
umgebracht oder mich unter mein Mühlrad geworfen. Aber ich gebe zu, daß du züchtig und arbeitsam
bist, daß du Gold wert bist.»

Als jedoch seine Liebe vorbei war, und dazu kam

es nach vier Jahren Ehe, gab er ihr kein gutes Wort mehr, und es ärgerte ihn, daß sie auf seine boshaften Bemerkungen nichts erwiderte. Was hätte sie schon erwidern sollen! Sie fühlte, daß ihr Mann ungerecht war, aber sie wollte ihm keine Vorwürfe machen, denn sie ging ganz in der Pflicht auf, ihrem Meister, den sie nie hatte lieben können, Achtung zu zollen.

Die Schwiegermutter sah mit Freuden, daß ihr Sohn wieder Herr im Hause war; so drückte sie sich aus, als hätte er jemals vergessen, es zu sein und es zu spüren zu geben! Sie haßte ihre Schwiegertochter, weil sie wußte, daß sie besser war als sie selbst. Da sie ihr nichts vorzuwerfen hatte, rechnete sie es ihr als Bosheit an, daß sie keine kräftige Natur besaß, den ganzen Winter hustete und noch immer nur ein Kind hatte. Sie verachtete sie deswegen, und auch, weil sie lesen und schreiben konnte und am Sonntag in einem Winkel des Obstgartens Gebete las, anstatt mit ihr und den Gevatterinnen der Nachbarschaft zu schnattern und zu tratschen.

Madeleine hatte ihre Seele Gott befohlen, und da sie einsah, daß es zwecklos war, sich zu beklagen, litt sie, als sei ihr das so bestimmt. Sie hatte ihr Herz von der Erde abgewandt und träumte oft vom Paradies wie jemand, der sehr gerne sterben würde. Indessen sorgte sie für ihre Gesundheit und zwang sich, mutig zu sein, weil sie ahnte, daß nur sie ihr Kind glücklich machen konnte, und weil sie alles aus Liebe zu ihm auf sich nahm.

Sie brachte Zabelle keine große Freundschaft entgegen, aber ein bißchen mochte sie sie doch, denn diese zugleich gute und selbstsüchtige Frau fuhr fort, so gut wie möglich für den armen Champi zu sorgen; und da Madeleine sah, wie schlecht die Menschen werden, die nur an sich denken, neigte sie dazu, nur diejenigen zu schätzen, die ein wenig an die anderen dachten. Aber da sie in ihrem Dorf die einzige war, die sich überhaupt nicht um sich selbst kümmerte, fand sie sich sehr einsam und langweilte sich sehr, ohne eigentlich die Ursache ihrer Langeweile zu erkennen.

Allmählich bemerkte sie indessen, daß das Findelkind, das nun zehn Jahre alt war, gleich zu denken anfing wie sie. Wenn ich denken sage, so ist anzunehmen, daß sie den Knaben nach seiner Handlungsweise beurteilte; denn der arme Junge offenbarte in seinen Worten nicht mehr vernünftige Überlegung als am Tag, an dem sie ihn zum erstenmal ausgefragt hatte. Er konnte den Mund nicht auftun, und wenn man ihn zum Reden bringen wollte, stockte er sogleich, weil er von nichts eine Ahnung hatte. Aber wenn es zu laufen galt, um einen Dienst zu erweisen, war er immer dazu bereit; und wenn es um einen Dienst für Madeleine ging, lief er sogar, noch ehe sie etwas gesagt hatte. Seiner Miene nach zu schließen, hatte er überhaupt nichts verstanden, aber er führte den Auftrag so rasch und so gut aus, daß sie selbst darüber staunte.

Als er eines Tages den kleinen Jeannie auf den Armen trug und sich von ihm das Haar zausen ließ, weil ihm das Spaß machte, nahm Madeleine ihm das Kind mit einer Spur Ungehaltenheit weg und sagte gewissermaßen wider ihren Willen: «François, wenn du jetzt schon anfängst, dir von den anderen alles gefallen zu lassen, weißt du nicht, wie weit sie gehen werden.»

Und zu ihrer großen Verblüffung antwortete François: «Ich will lieber Böses erdulden, als es mit Bösem vergelten.»

Madeleine schaute dem Findelkind in die Augen. Sie besaßen etwas ganz Besonderes, das sie nie in den Augen selbst der vernünftigsten Menschen entdeckt hatte, etwas so Gütiges und zugleich so Entschlossenes, daß sie sich irgendwie verwirrt fühlte; und nachdem sie Platz genommen und den Kleinen auf den Schoß gehoben hatte, hieß sie das Findelkind, sich auf den Saum ihres Kleides zu setzen, aber sie getraute sich nicht, das Wort an den Knaben zu richten. Sie konnte sich nicht erklären,

weshalb sie etwas wie Furcht und Scham empfand, weil sie ihn so oft wegen seiner Einfalt gehänselt hatte. Gewiß, sie hatte es stets in aller Güte getan, und vielleicht hatte sie ihn gerade seiner Beschränktheit wegen besonders bedauert und liebgewonnen. Aber in diesem Augenblick dachte sie, daß er ihre Neckereien allezeit verstanden und darunter gelitten hatte, ohne sich wehren zu können.

Indessen vergaß sie diesen kleinen Zwischenfall bald, denn er ereignete sich, kurz bevor ihr Mann, der sich mit einem liederlichen Frauenzimmer aus der Umgebung eingelassen hatte, sie vollends zu verabscheuen begann und ihr verbot, Zabelle und ihren Jungen auch nur einen Fuß in die Mühle setzen zu lassen. Nun dachte Madeleine nur noch an Mittel und Wege, um sie noch heimlicher zu unterstützen. Sie orientierte Zabelle und sagte ihr, sie werde eine Weile so tun, als hätte sie sie vergessen.

Aber Zabelle hatte große Angst vor dem Müller, und sie war nicht wie Madeleine bereit, alles um der Nächstenliebe willen zu erdulden. Sie überlegte hin und her und sagte sich, daß der Müller schließlich der Meister war und ihr ganz nach seinem Gutdünken kündigen oder ihr den Mietzins erhöhen konnte und daß Madeleine überhaupt keine Möglichkeit besaß, Abhilfe zu schaffen. Sie dachte auch, daß Mutter Blanchet ihr wohlgesinnt wäre, wenn sie ihr botmäßig war, und daß ihre Gönnerschaft ihr mehr nützte als die der jungen Frau. Sie suchte also die alte Müllerin auf und beschuldigte sich, allerlei Hilfe von ihrer Schwiegertochter angenommen zu haben, und zwar durchaus gegen ihren Willen und nur aus Erbarmen mit dem Findelkind, für dessen Unterhalt ihr die Mittel fehlten. Die Alte haßte das Findelkind schon allein darum, weil Ma-

deleine an seinem Ergehen Anteil nahm. Sie riet
der Zabelle, sich ihn vom Hals zu schaffen, und versprach ihr um diesen Preis, sechs Monate Stundung
ihres Mietzinses zu erwirken. Es war wiederum
kurz nach Martini, und Zabelle hatte kein Geld,
denn es war ein schlechtes Jahr. Madeleine wurde
seit einiger Zeit so streng überwacht, daß sie ihr keines geben konnte. Zabelle faßte kurzerhand ihren
Entschluß und versprach, den Knaben gleich am
nächsten Tag wieder ins Findelhaus zu bringen.

Kaum hatte sie das Versprechen gegeben, als sie
es auch schon bereute, und beim Anblick des auf
seinem armseligen Lager schlummernden François
wurde ihr so schwer ums Herz, als stünde sie im Begriff, eine Todsünde zu begehen. Sie schloß sozusagen kein Auge; aber schon vor Tagesanbruch trat
Mutter Blanchet in die Wohnung und sagte: «Los,
aufstehen, Zabeau! Ihr müßt halten, was Ihr versprochen habt. Wenn Ihr wartet, bis meine Schwiegertochter mit Euch geredet hat, dann laßt Ihr es
bleiben. Aber versteht, es liegt ebensosehr in ihrem
Interesse wie in Eurem eigenen, diesen Jungen
wegzuschicken. Mein Sohn kann ihn seiner Dumm-
heit und seiner Naschhaftigkeit wegen nicht mehr
leiden; meine Schwiegertochter hat ihn zu sehr verwöhnt, und ich bin sicher, daß er schon ein Dieb ist.
Alle Findelkinder sind geborene Diebe, und es ist
Wahnsinn, diesem Lumpenpack zu vertrauen. Da
haben wir einen, der Euch von hier wird fortjagen
lassen, der Euch in Verruf bringen und daran
schuld sein wird, daß mein Sohn eines Tages seine
Frau verprügelt, und der letzten Endes, wenn er
groß und stark ist, ein Straßenräuber wird und
Euch Schande macht. Los, los, vorwärts! Bringt ihn
mir über die Wiesen nach Corlay. Die Postkutsche

kommt um acht Uhr vorbei. Ihr steigt ein und seid spätestens gegen Mittag in Châteauroux. Ihr könnt heute abend wieder zurück sein. Da habt Ihr ein Zehnfrankenstück für die Reise, und es bleibt Euch noch genug für Euer Vesperbrot in der Stadt.»

Zabelle weckte den Knaben, zog ihm seine besten Kleider an, machte ein Bündel aus dem Rest seiner Habe, nahm ihn bei der Hand und brach im Mondschein mit ihm auf.

Aber je weiter sie sich entfernte und je heller es wurde, desto mehr sank ihr der Mut; sie konnte nicht schnell gehen, sie brachte kein Wort hervor, und als sie die Landstraße erreichte, ließ sie sich dort mehr tot als lebendig nieder. Die Postkutsche nahte, sie waren eben rechtzeitig gekommen.

Das Findelkind hatte nicht die Gewohnheit, sich Gedanken zu machen, und war seiner Mutter bis dahin völlig ahnungslos gefolgt. Aber als nun der Knabe zum erstenmal in seinem Leben einen großen Wagen auf sich zurollen sah, bekam er Angst vor dem Lärm, den er verursachte, und zerrte Zabelle auf die Wiese zurück, aus der sie eben an die Straße gelangt waren. Zabelle meinte, er habe sein Schicksal begriffen, und sagte ihm: «Komm, mein armer François, es muß sein!»

Diese Worte aber flößten François noch größere Angst ein. Er meinte, die Postkutsche sei ein immer rennendes großes Tier, das ihn verschlucken und verschlingen werde. Er, der den bekannten Gefahren kühn entgegentrat, verlor den Kopf und flüchtete schreiend in die Wiese. Zabelle lief ihm nach; aber als sie ihn so bleich sah wie ein Kind, das im Sterben liegt, verlor sie vollends den Mut. Sie folgte ihm ans andere Ende der Wiese und ließ die Postkutsche vorbeifahren.

III

Sie kehrten auf dem gleichen Weg heim, bis sie die halbe Strecke zur Mühle zurückgelegt hatten, dann mußten sie vor Müdigkeit haltmachen. Zabelle war beunruhigt, weil der Kleine von Kopf bis Fuß zitterte und sein Herz so heftig klopfte, daß sein ärmliches Hemd flatterte. Sie hieß ihn sich setzen und versuchte, ihn zu trösten. Aber sie wußte nicht, was sie sagte, und François war nicht imstande, es zu erraten. Sie zog ein Stück Brot aus der Tasche und suchte ihn zum Essen zu überreden; aber er hatte gar keine Lust, und so verharrten sie lange Zeit, ohne ein Wort zu wechseln.

Zuletzt schämte Zabelle sich ihrer Schwäche, denn sie überdachte immer wieder ihre Vernunftgründe und sagte sich, daß sie verloren war, wenn sie mit dem Jungen erneut in der Mühle auftauchte. Eine andere Postkutsche kam gegen Mittag vorbei, und sie beschloß, hier auszuruhen, bis es Zeit war, wieder an die Straße zu gehen; da François jedoch einen solchen Schrecken hatte, daß er Gefahr lief, sein letztes bißchen Verstand zu verlieren, und da er zum erstenmal in seinem Leben fähig war, Widerstand zu leisten, versuchte sie, ihn mit den Schellen der Pferde, dem Rollen der Räder und der Geschwindigkeit des großen Wagens vertraut zu machen.

Aber in ihrem Bemühen, ihm Vertrauen einzuflößen, sagte sie mehr, als sie beabsichtigte; vielleicht hatte François auch am Morgen beim Erwachen gewisse Worte der Mutter Blanchet gehört,

die ihm wieder in den Sinn kamen; oder seine spär-
lichen Gedanken klärten sich plötzlich beim Herannahen des Unglücks: Jedenfalls schaute er Zabelle
mit den gleichen Augen an, die Madeleine so tief
erstaunt und beinahe erschreckt hatten, und sagte:
«Mutter, du willst mich von dir wegschicken! Du
willst mich ganz weit weg von hier führen und mich
im Stich lassen.» Dann fiel ihm das Wort *Findelhaus*
ein, das mehr als einmal in seiner Gegenwart gefallen war. Er wußte nicht, was das Findelhaus war,
aber es schien ihm noch furchterregender als die
Postkutsche, und an allen Gliedern zitternd rief er
laut: «Du willst mich ins Findelhaus bringen!»

Zabelle hatte sich zu weit vorgewagt, um zurück-
zuweichen. Sie meinte, der Knabe wisse genauer
über sein Los Bescheid, als er in Wirklichkeit wußte, und ohne zu bedenken, daß es nicht besonders
schwierig gewesen wäre, ihn zu täuschen und sich
seiner mit List zu entledigen, begann sie, ihm die
Wahrheit zu erklären, und wollte ihm begreiflich
machen, daß er im Findelhaus glücklicher wäre als
bei ihr, daß man besser für ihn sorgen, daß man ihn
lehren werde, zu arbeiten, und daß man ihn eine
Zeitlang bei irgendeiner anderen Frau unterbringe,
die weniger arm war als sie und die ihm ihrerseits
eine Mutter sein werde.

Diese Tröstungen machten den Knaben erst
recht untröstlich. Die Ungewißheit der Zukunft bereitete ihm mehr Angst als alles, was Zabelle ihm
vor Augen zu führen suchte, um ihn vom Zusam-
menleben mit ihr abzubringen. Überdies liebte er
sie, liebte mit all seiner Kraft diese schnöde Mutter,
die weniger an ihm hing als an sich selbst. Und
noch jemanden liebte er, und zwar beinahe ebenso
innig wie Zabelle, nämlich Madeleine; aber er war

sich nicht bewußt, daß er sie liebte, und so sprach er nicht von ihr. Er warf sich nur schluchzend auf den Boden, riß das Gras mit seinen Händen aus und bedeckte sein Gesicht damit, als hätte er plötzlich die Fallsucht. Und als Zabelle angesichts seines Zustands von Sorge und von Unwillen erfaßt wurde und ihn unter Drohungen zum Aufstehen zwingen wollte, schlug er seinen Kopf so heftig gegen die Steine, daß er überall zu bluten begann und sie unmittelbar fürchtete, er werde sich töten.

Der liebe Gott fügte es, daß in diesem Augenblick Madeleine Blanchet des Weges kam. Sie hatte keine Ahnung, daß Zabelle mit dem Kind fortgegangen war. Sie hatte einer Kundin in Presles die Wolle gebracht, die sie von ihr erhalten hatte, um sie besonders fein zu spinnen, denn sie war die beste Spinnerin weit und breit. Man hatte ihr die Arbeit bezahlt, und sie war mit zehn Talern in der Tasche auf dem Heimweg zur Mühle. Sie schickte sich an, den Fluß auf einer jener kleinen Brücken zu überqueren, die aus knapp über dem Wasser liegenden Bohlen gefertigt sind, als sie die herzzerreißenden Schreie vernahm und dabei augenblicklich die Stimme des kleinen Champi erkannte. Sie lief in dieser Richtung und sah, wie der Knabe ganz blutüberströmt in Zabelles Armen zappelte. Zunächst begriff sie nichts; denn bei diesem Anblick konnte man meinen, Zabelle habe ihn grausam geschlagen und wolle ihm den Garaus machen. Diesen Eindruck hatte sie um so mehr, als François auf sie zurannte, sobald er ihrer ansichtig wurde, sich wie eine kleine Schlange um ihre Beine wand, sich an ihre Röcke klammerte und rief: «Madame Blanchet, Madame Blanchet, rettet mich!»

Zabelle war groß und stark, und Madeleine war

klein und schmal wie Binsengras. Dennoch hatte sie keine Angst, und in der Meinung, daß diese Frau verrückt geworden sei und den Kleinen ermorden wolle, stellte sie sich vor ihn und war fest entschlossen, ihn zu verteidigen oder sich selbst umbringen zu lassen, während er entfloh.

Aber es bedurfte nur weniger Worte, um die ganze Geschichte zu erklären. Zabelle, die eher von Kummer erfüllt war als von Zorn, erzählte alles, wie es sich zugetragen hatte. So kam es, daß Fran-

çois endlich das ganze Unglück seiner Lage erfaßte; und diesmal machte er sich das Gehörte mit
mehr Verstand zunutze, als man je bei ihm vermu-
tet hätte. Als Zabelle fertig war, klammerte er sich
wieder an die Beine und Röcke der Müllerin und
sagte: «Schickt mich nicht fort, laßt mich nicht fortschicken!» Und er ging von Zabelle, die weinte, zur
Müllerin, die noch heftiger weinte, und sagte alle
möglichen Worte und Bitten, die nicht aus seinem
Mund zu kommen schienen, denn zum erstenmal
fand er die Möglichkeit, das auszusprechen, was er
wollte.

«O Mutter, meine allerliebste Mutter», sagte er
zu Zabelle, «warum willst du mich verlassen? Willst
du denn, daß mich der Kummer umbringt, wenn
ich dich nicht mehr sehe? Was habe ich dir denn getan, daß du mich nicht mehr liebhast? Habe ich dir
nicht immer in allem gehorcht, was du mir befohlen
hast? Habe ich etwas Böses getan? Ich habe immer
gut für unsere Tiere gesorgt, das hast du selbst gesagt; du hast mich jeden Abend geküßt und mir gesagt, ich sei dein Kind, du hast mir nie gesagt, daß
du nicht meine Mutter bist! Meine Mutter, behalte
mich, behalte mich, ich bitte dich darum, wie man
den lieben Gott bittet! Ich will auch immer für dich
sorgen; ich will immer für dich arbeiten; wenn du
mit mir unzufrieden bist, kannst du mich prügeln,
und ich will nicht aufbegehren; aber schick mich
erst fort, wenn ich etwas Böses getan habe.»

Und er ging zu Madeleine und sagte: «Frau Müllerin, habt Mitleid mit mir. Sagt meiner Mutter, sie
soll mich behalten. Ich werde nie mehr zu Euch gehen, wenn man das nicht leiden will, und ich weiß
jetzt auch, daß ich nichts annehmen darf, wenn Ihr
mir etwas geben wollt. Ich will mit Monsieur Cadet

Blanchet reden, ich will ihm sagen, daß er mich schlagen und Euch nicht meinetwegen ausschelten soll. Und wenn Ihr aufs Feld geht, will ich immer mit Euch gehen, ich will Euren Kleinen tragen und den ganzen Tag mit ihm spielen. Ich will alles tun, was Ihr mir sagt, und wenn ich etwas Unrechtes tue, hört Ihr eben auf, mich liebzuhaben. Aber laßt mich nicht fortschicken, ich will nicht fortgehen, ich werfe mich lieber in den Fluß.»

Und der arme François schaute auf den Fluß und lief so nahe ans Wasser, daß sein Leben ganz offenkundig nur an einem Faden hing und es bloß eines Wortes der Weigerung bedurft hätte, damit er sich ertränkte. Madeleine trat für das Kind ein, und Zabelle kam um vor Verlangen, ihr Gehör zu schenken; aber sie befand sich jetzt in der Nähe der Mühle, und so war es nicht mehr wie vorher am Rand der Landstraße.

«Gut, du böser Junge», sagte sie, «ich behalte dich; aber du bist schuld, wenn ich morgen obdachlos bin und mein Brot erbetteln muß. Du bist zu dumm, um zu begreifen, daß es deine Schuld ist, wenn es mit mir so weit kommt, und das ist dann der ganze Lohn dafür, daß ich mir die Last eines Kindes aufgehalst habe, das mich nichts angeht und mir noch nicht einmal das Brot einträgt, das es ißt.»

«Es reicht, Zabelle», sagte die Müllerin, während sie das Findelkind in die Arme schloß und vom Boden aufhob, um es fortzutragen, obschon es bereits recht schwer war. «Schaut, da habt Ihr zehn Taler, um Eure Miete zu bezahlen oder anderswohin zu ziehen, wenn man Euch unbedingt von hier fortjagen will. Dieses Geld gehört mir, ich habe es verdient; ich weiß genau, daß man es mir abfordern wird, aber das ist mir gleich. Man kann mich umbringen, wenn man will; ich kaufe Euch dieses Kind ab, es gehört mir, es gehört nicht mehr Euch. Ihr seid es nicht wert, einen so herzensguten Jungen zu haben, der Euch zudem so liebt. Ich werde seine Mutter sein, und man wird ihn wohl oder übel dulden müssen. Für seine Kinder kann man alles auf sich nehmen. Ich würde mich für meinen Jeannie in Stücke reißen lassen; wohlan!, für diesen hier wäre ich ebenfalls dazu bereit. Komm, mein armer François. Du bist kein Findelkind mehr, verstehst du? Du hast eine Mutter, du kannst sie liebhaben, soviel du nur willst; sie wird deine Liebe von ganzem Herzen erwidern.»

Madeleine sprudelte diese Worte hervor, ohne recht zu wissen, was sie sagte. Sie, die sonst die Ruhe selbst war, geriet in diesem Augenblick vor Aufregung ganz aus dem Häuschen. Ihr gutes Herz hatte sich empört, und sie war wirklich wütend auf Zabelle. François hatte seine beiden Arme um den Hals der Müllerin geschlungen und drückte sie so fest, daß ihr der Atem ausging, und gleichzeitig verschmierte er ihre Haube und ihr Taschentuch mit Blut, denn er hatte sich mehrere Löcher in den Kopf geschlagen.

Das alles beeindruckte Madeleine so tief, sie empfand zugleich so viel Mitleid, so viel Entsetzen und so viel Kummer und zudem eine solche Entschlossenheit, daß sie ebenso unerschrocken zur Mühle ging wie ein Soldat ins Gefecht. Und ohne zu bedenken, wie schwer das Kind war und wie schmächtig sie selbst, so daß sie kaum ihren winzigen Jeannie zu tragen vermochte, überquerte sie die kleine Brücke, die nicht eben gut befestigt war und unter ihren Schritten nachgab.

Als sie sich in der Mitte befand, blieb sie stehen. Das Kind wurde so schwer, daß sie zusammenzubrechen drohte, und der Schweiß rann über ihre Stirn. Sie fühlte sich einer Ohnmacht nahe, und unvermittelt kam ihr eine schöne und wunderbare Geschichte in den Sinn, die sie am Vortag in ihrem alten Buch mit den Heiligenleben gelesen hatte, nämlich die Geschichte des heiligen Christophorus, der das Jesuskind durch den Fluß trug und es so schwer fand, daß er vor Furcht stehenblieb. Sie wandte sich um und schaute das Findelkind an. Seine Augen waren verdreht. Es umklammerte sie nicht mehr mit seinen Armen; sein Herzeleid war allzu groß gewesen, oder es hatte zuviel Blut verloren. Der arme François war in Ohnmacht gefallen.

IV

Als Zabelle ihn so sah, hielt sie ihn für tot. Die
Liebe zu ihm erfüllte von neuem ihr Herz, und
ohne länger an den Müller oder die böse Alte zu
denken, nahm sie Madeleine das Kind ab und begann es schreiend und weinend zu küssen. Die beiden Frauen betteten es am Rand des Wassers in
ihren Schoß, wuschen seine Wunden und stillten
das Blut mit ihren Taschentüchern; aber sie hatten
nichts, um den Jungen wieder zur Besinnung zu
bringen. Madeleine wärmte seinen Kopf an ihrem
Busen und blies auf sein Gesicht und in seinen
Mund, wie man dies bei Ertrunkenen tut. Das
brachte ihn zu sich, und sobald er die Augen auf-
schlug und sah, wie man sich seiner annahm, küßte
er Madeleine und Zabelle abwechselnd mit solcher
Inbrunst, daß sie ihm Einhalt gebieten mußten,
weil sie eine neue Ohnmacht befürchteten.

«Komm, komm», sagte Zabelle, «wir müssen jetzt
nach Hause. Nein, nie, niemals könnte ich dieses
Kind im Stich lassen, das ist mir nun klar, und ich
will nicht mehr daran denken. Ich behalte Eure
zehn Taler, Madeleine, um heute abend zu bezahlen, wenn man mich dazu zwingt. Aber verratet
nichts; morgen will ich Eure Kundin in Presles auf-
suchen, damit sie uns nicht Lügen straft und nötigenfalls sagt, sie habe Euch den Preis für die Spinn-
arbeit noch nicht bezahlt; so gewinnen wir Zeit,
und ich werde nichts unterlassen, selbst wenn ich
betteln müßte, um Euch meine Schuld zu begleichen, damit Ihr nicht meinetwegen Scherereien be-

kommt. Ihr könnt den Kleinen nicht in die Mühle mitnehmen, Euer Mann würde ihn umbringen. Laßt ihn mir, ich schwöre Euch, daß ich nicht schlechter für ihn sorgen werde als bisher, und wenn man uns neue Schwierigkeiten bereitet, werden wir auf Abhilfe sinnen.»

Das Schicksal wollte, daß die Rückkehr des Findelkinds ohne Aufhebens und völlig unbemerkt erfolgte, denn Mutter Blanchet hatte eben einen schweren Schlaganfall erlitten, noch ehe sie ihrem Sohn mitteilen konnte, was sie von Zabelle in bezug auf das Findelkind verlangt hatte; und Meister Blanchet hatte nichts Eiligeres zu tun, als diese Frau zu rufen, um im Haushalt zu helfen, während Madeleine und die Magd seine Mutter pflegten. Drei Tage lang ging in der Mühle alles drunter und drüber. Madeleine schonte sich nicht und verbrachte drei Nächte am Lager ihrer Schwiegermutter, die in ihren Armen verschied.

Dieser Schicksalsschlag dämpfte eine Zeitlang die verdrießliche Laune des Müllers. Er hatte seine Mutter so sehr geliebt, wie er überhaupt zu lieben vermochte, und nun setzte er seinen Ehrgeiz darein, sie seinen Verhältnissen entsprechend zu bestatten. Er vergaß seine Geliebte während dieser Zeit und kam sogar auf den Einfall, den Freigebigen zu spielen, indem er den armen Nachbarinnen die alten Kleider der Verstorbenen schenkte. Zabelle erhielt auch ihren Anteil an diesen Almosen, und sogar das Findelkind bekam ein Francstück, weil Blanchet sich daran erinnerte, daß es einmal, als man dringend Blutegel für die Kranke brauchte und alle Leute kopflos herumrannten, um sie zu beschaffen, ohne ein Wort zu sagen an einen Teich gegangen war, in dem es schon Blutegel gefunden hatte, und sie in kürzerer Zeit nach Hause brachte, als die anderen benötigten, um sich auf die Suche zu machen.

So hatte Cadet Blanchet denn seinen Groll so ziemlich vergessen, und in der Mühle wußte niemand etwas von Zabelles Versuch, ihren Champi wieder ins Findelhaus zu bringen. Die Sache mit den zehn Talern kam später wieder zur Sprache, denn der Müller hatte nicht vergessen, den Mietzins für sein baufälliges Häuschen von Zabelle zu fordern. Aber Madeleine behauptete, das Geld in den Wiesen verloren zu haben, als sie bei der Nachricht von der Erkrankung ihrer Schwiegermutter nach Hause gerannt war. Blanchet suchte dieses Geld lange und schalt heftig, aber er erfuhr nichts von seiner Verwendung, und Zabelle geriet nicht in Verdacht.

Nach dem Tode seiner Mutter veränderte sich Blanchets Wesen allmählich, ohne indessen besser zu werden. Er langweilte sich nun immer mehr zu Hause, achtete weniger genau auf alles, was dort vorging, und wurde weniger geizig in seinen Ausgaben. Er stand den finanziellen Gewinnen nur um so fremder gegenüber, und da er dick wurde, ein unordentliches Leben zu führen begann und nicht mehr arbeiten mochte, suchte er sein Glück in allerlei zweifelhaften Geschäften und in kleinen Betrügereien, die ihn bereichert hätten, wenn er nicht mit der einen Hand ausgegeben hätte, was er mit der anderen verdiente. Seine Geliebte gewann immer mehr Einfluß auf ihn. Sie schleppte ihn mit zu Jahrmärkten und Gesellschaften, um dort allerlei Schwindel zu treiben und in Kneipen herumzusitzen. Er wurde ein Spieler und hatte oft Glück; aber es wäre besser für ihn gewesen, immer zu verlieren, so daß es ihm verleidet wäre; denn diese Liederlichkeit brachte ihn vollends aus dem Gleichgewicht, und beim geringsten Verlust, den er erlitt, wurde er wütend auf sich selbst und bösartig gegenüber allen Leuten.

Während er dieses verworfene Leben führte, hütete seine nach wie vor besonnene und sanfte Frau das Haus und erzog liebevoll ihr einziges Kind. Aber sie betrachtete sich zwiefach als Mutter, denn sie hatte eine große Zuneigung zu dem Findelkind gefaßt, dem sie beinahe ebensoviel Aufmerksamkeit widmete wie ihrem eigenen Sohn. Je ausschweifender ihr Mann wurde, desto weniger war sie ihm dienstbar und desto weniger unglücklich. In der ersten Zeit seines liederlichen Lebenswandels benahm er sich noch sehr grob, weil er die Vorwürfe seiner Frau fürchtete und sich ihrer Angst und Unterwürfigkeit versichern wollte. Als er erkannte, daß sie von Natur aus jeden Streit haßte und keinerlei Eifersucht offenbarte, entschloß er sich, sie in Frieden zu lassen. Da seine Mutter nicht mehr lebte, die ihn gegen sie aufhetzte, mußte er wohl oder übel zugeben, daß keine Frau für sich selbst anspruchsloser war als Madeleine. Er nahm die Gewohnheit an, wochenlang von zu Hause fernzubleiben, und wenn er dann einmal heimkam und Lust hatte, Krach zu schlagen, wurde seine Wut durch ein so geduldiges Schweigen entkräftet, daß er sich anfänglich sehr darüber verwunderte und schließlich einschlief. So kam es, daß man ihn nur zu Gesicht kriegte, wenn er müde war und das Bedürfnis hatte, sich auszuruhen.

Madeleine mußte eine ungemein tugendhafte Christin sein, um so allein mit einer alten Jungfer und zwei Kindern zu leben. Aber in Wirklichkeit war sie vielleicht eine bessere Christin als eine

Nonne; Gott hatte ihr eine große Gnade erwiesen, indem er ihr erlaubte, lesen zu lernen und zu verstehen, was sie las. Dabei las sie immer das gleiche, denn sie besaß nur zwei Bücher, das heilige Evangelium und eine gekürzte Ausgabe der Heiligenlegenden. Das Evangelium stärkte sie im Glauben und entlockte ihr Tränen, wenn sie abends ganz allein am Bett ihres Sohnes darin las. Die Heiligenleben hatten eine andere Wirkung auf sie: Es war – ohne vergleichen zu wollen – wie bei den Leuten, die Märchen lesen, weil sie nichts zu tun haben, und sich an verstiegenen Träumereien und Lügen berauschen. Alle diese schönen Geschichten flößten ihr mutige und sogar fröhliche Gedanken ein. Und zuweilen sah das Findelkind sie auf dem Feld lächeln und erröten, wenn das Buch auf ihren Knien lag. Der Knabe wunderte sich sehr darüber, und es fiel ihm recht schwer, zu begreifen, wie aus dem Ding, das sie ihr Buch nannte, alle diese Geschichten herauskommen konnten, die sie ihm zu erzählen liebte und die sie ein wenig vereinfachte, damit er sie verstehen konnte (und auch weil sie vielleicht selbst nicht alles vom Anfang bis zum Ende so ganz verstand). Er bekam Lust, ebenfalls lesen zu lernen, und er lernte es mit ihr so rasch und so gut, daß sie nur staunen konnte, und war dann seinerseits fähig, es dem kleinen Jeannie beizubringen. Als François das Alter für seine Erstkommunion erreichte, kümmerte Madeleine sich um seine Unterweisung im Katechismus, und der Pfarrer ihrer Gemeinde war hoch erfreut ob des Verstandes und des guten Gedächtnisses dieses Jungen, der doch immer als Einfaltspinsel galt, weil er wortkarg war und sich niemandem gegenüber dreist benahm.

Da er jetzt alt genug war, um verdingt zu werden,

sah Zabelle mit Freuden, wie er nach der Kommunion in der Mühle in Dienst genommen wurde, und Meister Blanchet hatte nichts mehr dagegen, denn es war allen Leuten klargeworden, daß der Champi ein guter Junge war, sehr arbeitsam, sehr dienstbereit, stärker, tüchtiger und vernünftiger als alle Knaben seines Alters. Und zudem begnügte er sich mit zehn Talern Lohn, so daß es durchaus wirtschaftlich war, ihn einzustellen.

Als François sich ganz im Dienste Madeleines und des so geliebten kleinen Jeannie fand, fühlte er sich sehr glücklich, und als er begriff, daß Zabelle mit dem von ihm verdienten Geld ihre Miete bezahlen konnte und somit ihre größte Sorge los war, kam er sich so reich vor wie ein König.

Leider konnte die arme Zabelle sich dieses Lohns nicht lange erfreuen. Zu Beginn des Winters wurde sie schwer krank, und trotz aller Pflege, die das Findelkind und Madeleine ihr angedeihen ließen, starb sie an Lichtmeß, nachdem es ihr schon so viel besser gegangen war, daß man sie für genesen hielt. Madeleine trauerte um sie und weinte sehr, aber sie bemühte sich, das arme Findelkind zu trösten, das ohne sie seinen Kummer nie überwunden hätte.

Ein Jahr später dachte François noch immer alle Tage und beinahe in jedem Augenblick an sie, und einmal sagte er zur Müllerin: «Ich fühle etwas wie Reue, wenn ich für die Seele meiner armen Mutter bete, weil ich sie nämlich nicht lieb genug gehabt habe. Ich bin ganz sicher, daß ich alles getan habe, was ich konnte, damit sie mit mir zufrieden war, daß ich ihr immer nur gute Worte gegeben habe und daß ich bemüht war, ihr in allen Dingen zu dienen, wie ich Euch selbst diene; aber ich muß Euch etwas gestehen, Madame Blanchet, das mich plagt

und das mich oft Gott um Verzeihung bitten läßt:
nämlich daß ich seit dem Tag, an dem meine arme
Mutter mich ins Findelhaus zurückbringen wollte
und Ihr für mich eingetreten seid, um sie daran zu
hindern, meine Zuneigung zu ihr ganz gegen meinen Willen in meinem Herzen abgenommen hat.
Ich war ihr nicht gram, ich erlaubte mir nicht einmal zu denken, sie habe schlecht gehandelt, als sie
mich im Stich lassen wollte. Das war ihr Recht.
Meine Anwesenheit schadete ihr, sie hatte Angst
vor Eurer Schwiegermutter, und überdies fiel ihr
dieser Entschluß gar nicht leicht; denn ich habe
dort deutlich gemerkt, daß sie mich sehr liebhatte.
Aber ich weiß nicht, wie die Sache sich in meinem
Kopf verkehrt hat, es war stärker als ich. Von dem
Augenblick an, in dem Ihr Worte gesagt habt, die
ich niemals vergessen werde, habe ich Euch inniger
geliebt als meine Mutter, und ob ich wollte oder
nicht, dachte ich häufiger an Euch als an sie. Und
jetzt ist sie tot, und ich bin nicht vor Kummer gestorben, wie ich sterben würde, wenn Ihr sterben
müßtet.»

«Welche Worte habe ich denn gesagt, mein armer Junge, damit du mir so deine ganze Zuneigung
geschenkt hast? Ich erinnere mich nicht daran.»

«Ihr erinnert Euch nicht daran?» sagte das Findelkind und setzte sich zu Füßen Madeleines, die
ihm zuhörte, während sie spann. «Nun! Ihr habt
meiner Mutter Geld gegeben und ihr gesagt: ‹Da
nehmt, ich kaufe Euch dieses Kind ab; es gehört
mir.› Und dann habt Ihr mich umarmt und mir gesagt: ‹Jetzt bist du kein Findelkind mehr, du hast
eine Mutter, die dich so liebhat, als ob sie selbst
dich geboren hätte.› Habt Ihr das nicht so gesagt,
Madame Blanchet?»

«Schon möglich, und ich habe gesagt, was ich dachte, was ich noch heute denke. Hast du das Gefühl, ich habe mein Wort nicht gehalten?»

«O nein! Nur...»

«Nur was?»

«Nein, ich will es Euch nicht sagen, denn es ist schlecht, sich zu beklagen, und ich will nicht den Undankbaren spielen, der alles Gute vergessen hat.»

«Ich weiß, daß du nicht undankbar sein kannst, aber ich will, daß du mir sagst, was du auf dem Herzen hast. Sprich zu mir; was fehlt dir denn, um mein Kind zu sein? Weißt du, ich sage dir, was du zu tun hast, wie ich es Jeannie sagen würde.»

«Nun, es ist... es ist, daß Ihr Jeannie gar oft einen Kuß gebt und daß Ihr mich seit dem Tag, von dem wir vorhin sprachen, nie mehr geküßt habt. Dabei achte ich doch sorgfältig darauf, daß Gesicht und Hände immer sauber gewaschen sind, weil ich weiß, daß Ihr schmutzige Kinder nicht leiden könnt und Jeannie die ganze Zeit wascht und kämmt. Aber Ihr küßt mich trotzdem nicht, und meine Mutter Zabelle hat mich auch kaum je geküßt. Dabei sehe ich doch selbst, daß alle Mütter ihre Kinder liebkosen, und daran merke ich, daß ich immer noch ein Findelkind bin und daß Ihr es nicht vergessen könnt.»

«Komm und gib mir einen Kuß, François», sagte die Müllerin, setzte den Jungen auf ihre Knie und küßte ihn sehr liebevoll auf die Stirn. «Ich hatte tatsächlich unrecht, nie daran zu denken, und du hattest Besseres von mir verdient. Komm, du siehst, daß ich dich von Herzen gern küsse, und jetzt bist du ganz sicher, daß du kein Findelkind mehr bist, nicht wahr?»

Der Knabe warf sich Madeleine an den Hals und wurde so bleich, daß sie tief betroffen war und ihn sachte von ihren Knien schob und versuchte, ihn abzulenken. Aber nach einer kurzen Weile verließ er sie und entfloh ganz allein, als wollte er sich verbergen, und das beunruhigte die Müllerin. Sie suchte ihn und entdeckte ihn kniend und in Tränen aufgelöst in einem Winkel der Scheune.

«Komm, François, komm», sagte sie und hob ihn auf; «ich weiß nicht, was mit dir los ist. Wenn dir so zumute ist, weil du an deine arme Mutter Zabelle denkst, mußt du nur ein Gebet für sie sprechen, und dann fühlst du dich ruhiger.»

«Nein, nein», sagte der Knabe und zerknitterte den Saum von Madeleines Schürze, den er mit aller Kraft küßte, «ich dachte nicht an meine arme Mutter. Seid nicht Ihr meine Mutter?»

«Aber warum weinst du dann? Du machst mich wirklich traurig.»

«O nein!, o nein! Ich weine ja nicht!» antwortete François und wischte sich schnell die Augen, während er eine fröhliche Miene aufsetzte; «das heißt, ich weiß nicht, warum ich geweint habe. Wirklich, ich weiß es nicht, denn ich bin so froh, als wäre ich im Paradies.»

V

Von diesem Tag an küßte Madeleine den Jungen morgens und abends, nicht häufiger und nicht seltener, als wenn er ihr eigener gewesen wäre, und der einzige Unterschied, den sie zwischen Jeannie und François machte, bestand darin, daß der Jüngere mehr verwöhnt und gehätschelt wurde, wie dies seinem Alter entsprach. Er war erst sieben Jahre alt, als das Findelkind zwölf war, und François verstand sehr gut, daß ein großer Junge wie er nicht liebkost werden konnte wie ein kleiner. Sie waren in ihrer Erscheinung übrigens noch verschiedener als im Alter. François war so groß und so stark, daß er wie ein Fünfzehnjähriger wirkte, während Jeannie eine schmächtige und kleine Gestalt hatte wie seine Mutter, deren Ebenbild er war.

So kam es, daß eines Morgens, als sie auf der Schwelle ihrer Tür François' Gruß empfing und ihn wie gewohnt küßte, ihre Magd ihr sagte: «Mit Verlaub, Meisterin, mir will scheinen, daß dieser Bursche recht groß ist, um sich wie ein kleines Mädchen küssen zu lassen.»

«Meinst du?» entgegnete Madeleine verwundert. «Weißt du denn nicht, wie alt er ist?»

«Doch, natürlich; und ich fände auch nichts dabei, wenn er nicht ein Findelkind wäre und ich, die ich Eure Magd bin, so etwas nicht um gutes Geld küssen würde.»

«Was Ihr da sagt, ist böse, Catherine», versetzte Madame Blanchet, «und vor allem solltet Ihr das nicht vor diesem armen Jungen sagen.»

«Sie soll es ruhig sagen, alle Welt soll es sagen», fiel François mit großer Kühnheit ein. «Mir macht das nichts aus. Wenn ich nur für Euch kein Findelkind bin, Madame Blanchet, bin ich zufrieden.»

«Na, sieh mal einer an!» sprach die Magd. «Es ist das erstemal, daß ich ihn so lange reden höre. Du kannst also drei Worte aneinanderreihen, François? Meiner Treu! Wirklich, ich hätte nicht gedacht, daß du auch nur verstehst, was man sagt. Wenn ich gewußt hätte, daß du zuhörst, hätte ich nicht in deinem Beisein gesagt, was ich gesagt habe, denn ich habe gar nicht die Absicht, dich zu plagen. Du bist ein guter Junge, sehr ruhig und dienstfertig. Komm schon, denk nicht mehr daran; wenn ich es komisch finde, daß unsere Herrin dich küßt, ist es nur, weil du mir zu groß dafür scheinst und ihre Liebkosung dich noch einfältiger wirken läßt, als du bist.»

Nachdem die dicke Catherine die Sache so zurechtgebogen hatte, machte sie sich hinter ihre Kochtöpfe und dachte nicht mehr daran.

Aber das Findelkind folgte Madeleine zum Brunnen, setzte sich neben sie und sprach wieder, wie es mit ihr und nur mit ihr zu sprechen verstand.

«Erinnert Ihr Euch, Madame Blanchet», sagte François, «an damals, als ich vor sehr langer Zeit einmal hier war und Ihr mich in Eurem Schultertuch schlafen gelegt habt?»

«Gewiß, mein Junge», antwortete sie, «das war sogar das erstemal, daß wir uns gesehen haben.»

«Wirklich das erstemal? Ich war nicht sicher, ich erinnere mich nicht genau; denn wenn ich an jene Zeit denke, ist es wie in einem Traum. Und wie viele Jahre ist es denn her?»

«Es sind… warte, es müssen etwa sechs Jahre sein, denn mein Jeannie war vierzehn Monate alt.»

«Dann war ich also damals weniger alt, als er jetzt ist? Glaubt Ihr, daß er sich nach seiner Erstkommunion noch an alles erinnern wird, was er jetzt erlebt?»

«O ja! Ich erinnere mich genau», sagte Jeannie.

«Das kommt ganz drauf an», entgegnete François. «Was hast du gestern um diese Zeit gemacht?»

Jeannie öffnete verdutzt den Mund, um zu antworten, und blieb kleinlaut und stumm.

«Na und du? Ich wette, daß du es auch nicht weißt», sagte die Müllerin zu François, denn sie hatte immer Spaß daran, die beiden miteinander plaudern und plappern zu hören.

«Ich, ich?» sagte das Findelkind verlegen. «Wartet einmal... Ich bin aufs Feld gegangen und hier vorbeigekommen... und ich habe an Euch gedacht; eben gestern habe ich mich an den Tag erinnert, an dem Ihr mich in Euer Schultertuch gewickelt habt.»

«Du hast ein gutes Gedächtnis; es ist erstaunlich, daß du dich so weit zurückerinnern kannst. Weißt du auch noch, daß du Fieber hattest?»

«Nein, das nicht!»

«Und daß du mir meine Wäsche heimgetragen hast, ohne daß ich dich das geheißen?»

«Auch nicht.»

«Ich habe das nie vergessen, denn eben daran habe ich erkannt, daß du ein gutes Herz hast.»

«Ich habe auch ein gutes Herz, gelt, Mutter?» sagte der kleine Jeannie und hielt ihr einen Apfel hin, den er schon zur Hälfte zernagt hatte.

«Gewiß, du auch, und alles Gute, was du François machen siehst, machst du später auch.»

«Ja, ja», versicherte der Kleine hastig; «heute abend steige ich auf das gelbe Füllen und führe es auf die Weide.»

«Was du nicht sagst», widersprach François lachend; «und dann kletterst du noch schnell auf die große Eberesche, um das Meisennest auszuheben? Du wirst schon sehen, ob ich dich machen lasse, du Schlingel! Aber sagt mir doch, Madame Blanchet, ich möchte Euch etwas fragen, aber ich weiß nicht, ob Ihr es mir sagen wollt.»

«Laß hören.»

«Nämlich, warum die Leute meinen, sie ärgern mich, wenn sie mich ein Findelkind nennen. Ist es schlimm, ein Findelkind zu sein?»

«Aber nein, mein Junge, es ist ja nicht deine Schuld.»

«Und wer ist daran schuld?»

«Die Reichen sind daran schuld.»

«Die Reichen sind daran schuld! Wie kommt denn das?»

«Du fragst mich für heute zuviel; ich sage es dir ein andermal.»

«Nein, nein, sofort, Madame Blanchet.»

«Ich kann dir nicht erklären... Zunächst einmal, weißt du überhaupt, was ein Findelkind ist?»

«Ja, das ist, wenn man von seinem Vater und seiner Mutter ins Findelhaus gegeben wird, weil sie nicht genug Geld haben, um einen zu ernähren und aufzuziehen.»

«Richtig. Du siehst also, daß die Reichen daran schuld sind, wenn es Leute gibt, die so im Elend leben, daß sie ihre Kinder nicht selbst großziehen können, weil die Reichen sie nicht unterstützen.»

«Ach so! Das ist richtig!» antwortete das Findelkind sehr nachdenklich. «Aber es gibt doch auch gute Reiche, denn Ihr seid ja reich, Madame Blanchet; es geht nur darum, daß man sich am richtigen Ort befindet, um ihnen zu begegnen.»

VI

Der Champi, der immer allem nachsann und für alles Erklärungen suchte, seit er lesen konnte und seine Erstkommunion gemacht hatte, ließ sich das lange durch den Kopf gehen, was Catherine über ihn zu Madame Blanchet gesagt hatte; aber sosehr er darüber nachdachte, konnte er nicht begreifen, weshalb er Madeleine nicht mehr küssen sollte, weil er groß wurde. Er war der unschuldigste Junge auf Erden, und er hatte keine Ahnung von dem, was die Burschen seines Alters auf dem Land nur allzu schnell lernen.

Seine große geistige Ehrlichkeit rührte daher, daß er nicht gleich erzogen worden war wie die anderen. Sein Stand als Findelkind hatte ihm zwar keine Scham bereitet, ihn aber stets eher schüchtern auftreten lassen; und obschon er diesen Namen nicht als Beleidigung empfand, erstaunte es ihn nach wie vor, daß er eine Eigenschaft besaß, die ihn allezeit von den ihn umgebenden Menschen unterschied. Die anderen Findelkinder fühlen sich beinahe immer von ihrem Los gedemütigt, und man gibt es ihnen so hart zu spüren, daß man ihnen schon früh ihre Menschenwürde raubt. Während sie aufwachsen, verabscheuen sie die Urheber ihrer Tage, ganz davon abgesehen, daß sie die anderen, die für ihr Weiterleben gesorgt haben, auch nicht inniger lieben. Aber der Zufall wollte, daß François in Zabelles Hände geraten war, die ihn geliebt und nie mißhandelt hatte. und daß er dann Madeleine begegnete, welche mehr Barmherzigkeit und eine menschlichere Gesinnung besaß als die meisten Leute. Sie war für ihn nicht mehr und nicht weniger gewesen als eine gute Mutter; und ein Findelkind, das Zuneigung findet, ist besser als ein anderes Kind, so wie es schlechter ist, wenn es sich geplagt und erniedrigt sieht.

So hatte François sich denn stets nur in Madeleines Gesellschaft vollkommen vergnügt und zufrieden gefühlt, und anstatt die anderen jungen Hirten zu suchen, um sich die Zeit zu vertreiben, war er allein aufgewachsen oder an den Rockschößen der beiden Frauen hängend, die ihn liebten. Vor allem, wenn er bei Madeleine war, fühlte er sich so glücklich, wie Jeannie sein mochte, und er war gar nicht darauf erpicht, mit den anderen Kindern herumzustreifen, die ihn gar bald einen Champi nannten, denn unter ihnen fühlte er sich unvermittelt, und ohne zu wissen warum, wie ein Fremder.

Er erreichte also sein fünfzehntes Altersjahr, ohne die geringste Bosheit zu kennen, ohne eine Vorstellung vom Bösen zu haben, ohne daß seine Lippen je ein häßliches Wort wiederholt oder seine Ohren es verstanden hätten. Und doch, seit dem Tag, an dem Catherine ihre Herrin wegen der Zuneigung getadelt hatte, die sie ihm bewies, war dieser Junge verständig genug und klug genug, sich nicht mehr von der Müllerin küssen zu lassen. Er schien überhaupt keinen Gedanken daran zu verlieren oder sich allenfalls ein wenig zu schämen, das kleine Mädchen und Schmeichelkätzchen zu spielen, wie Catherine sagte. Aber im Grunde war es nicht diese Art Beschämung, die er empfand. Es wäre ihm völlig gleichgültig gewesen, wenn er nicht irgendwie erahnt hätte, daß man dieser lieben Frau den Vorwurf machen konnte, ihn zu lieben. Warum einen Vorwurf? Er konnte es sich nicht erklären. Und obwohl er einsah, daß er die Erklärung nicht von allein finden konnte, wollte er sie auch nicht von Madeleine erbitten. Er wußte, daß sie aus Zuneigung und Gutherzigkeit fähig war, den Tadel auf sich zu nehmen; denn er hatte ein gutes Gedächtnis und erinnerte sich genau, daß Madeleine seinerzeit ausgescholten und beinahe geschlagen worden war, weil sie ihm Gutes erwiesen hatte.

So kam es, daß er ihr dank seiner guten Veranlagung den Verdruß ersparte, seinetwegen getadelt und verspottet zu werden. Er begriff – und das ist das Erstaunliche! –, dieser arme Junge begriff, daß ein Findelkind nur heimlich geliebt werden durfte, und er hätte sich eher bereit gefunden, überhaupt nicht geliebt zu werden, als daß er Madeleine eine Unannehmlichkeit verursacht hätte.

Er erfüllte seine Pflicht gewissenhaft, und da er im Heranwachsen immer mehr Arbeit hatte, kam es, daß er sich nach und nach seltener in Madeleines Gesellschaft befand. Aber deswegen grämte er sich nicht, denn während der Arbeit sagte er sich, daß er sie für sie verrichtete und daß er reichlich durch die Freude entschädigt wurde, sie an den Mahlzeiten zu sehen. Am Abend, wenn Jeannie schlief, ging Catherine zu Bett, und François blieb zur Winterszeit noch ein oder zwei Stunden bei Madeleine. Er las ihr aus den Büchern vor oder plauderte mit ihr, während sie mit einer Handarbeit beschäftigt war. Die Leute auf dem Land lesen langsam; so genügten die beiden Bücher, die sie besaßen, und sie waren damit zufrieden. Wenn sie an einem Abend drei Seiten gelesen hatten, war das viel, und wenn das Buch zu Ende war, lag der Anfang schon weit genug zurück, damit man wieder mit den ersten Seiten beginnen konnte, an die man sich nicht zu genau erinnerte. Zudem gibt es zwei Arten, zu lesen, und es wäre gut, es den Leuten zu sagen, die sich für sehr gebildet halten. Diejenigen, die über viel freie Zeit verfügen und zahlreiche Bücher haben, verschlingen, soviel sie nur können, und stopfen sich den Kopf mit so vielen Dingen voll, daß selbst der liebe Gott sich nicht mehr auskennt. Diejenigen, die weder die Zeit noch die Bücher haben, sind glücklich, wenn sie auf das Gute stoßen. Sie fangen es hundertmal von vorne an, ohne es je satt zu bekommen, und jedesmal bringt sie irgend etwas, das ihnen nicht richtig aufgefallen war, auf einen neuen Gedanken. Im Grunde ist es immer derselbe Gedanke, aber er wurde so hin und her gewendet, so gründlich ausgekostet und verdaut, daß der Geist, der ihn hat, für sich allein besser genährt und gesünder ist als dreißigtausend von blauem Dunst und Albernheiten angefüllte Köpfe. Was ich euch da sage, meine Kinder, habe ich vom Herrn Pfarrer, und der muß es ja wissen.

So lebten diese beiden Menschen denn zufrieden mit dem, was sie an Weisheit zu verzehren hatten, und sie verzehrten es ganz sachte und halfen sich gegenseitig, zu verstehen und zu lieben, was dazu führt, daß man gerecht ist und gut. Sie schöpften daraus ein großes Pflichtgefühl und einen großen Eifer, und es gab für sie kein größeres Glück, als allen Menschen gegenüber Wohlwollen zu empfinden und sich zu jeder Zeit und an jedem Ort im Kapitel der Wahrheit einig zu wissen und im Willen, recht zu tun.

VII

Monsieur Blanchet überprüfte die Ausgaben seines Hauses nicht mehr so genau, seit er seiner Frau jeden Monat einen bestimmten Betrag für den Unterhalt des Haushalts gab, und der war so klein wie möglich. Madeleine konnte auf ihre eigene Behaglichkeit verzichten, ohne ihn zu ärgern, und den Bedürftigen in ihrer Umgebung einmal ein bißchen Holz geben, ein andermal einen Teil ihrer Mahlzeit oder dann ein wenig Gemüse, Wäsche, Eier, was weiß ich? Sie brachte es fertig, ihre Nächsten zu unterstützen, und wenn es ihr an Mitteln gebrach, verrichtete sie eigenhändig die Arbeit der armen Leute und verhinderte, daß sie an Erschöpfung oder an Krankheit starben. Sie war so sparsam und flickte ihre Kleider so sorgfältig, daß es aussah, als lebte sie gut; aber da sie nicht wollte, daß ihre eigenen Leute unter ihrer Mildtätigkeit zu leiden hatten, gewöhnte sie sich an, sozusagen nichts zu essen, sich nie auszuruhen und sowenig wie möglich zu schlafen. Das Findelkind sah das alles und fand es ganz natürlich; denn auf Grund seiner Veranlagung und auch dank der Erziehung, die Madeleine ihm angedeihen ließ, neigte es unwillkürlich zu demselben Sinn und derselben Pflichterfüllung. Nur beunruhigten François manchmal die Strapazen, welche die Müllerin auf sich nahm, und er warf sich vor, zuviel zu schlafen und zuviel zu essen. Er hätte die Nacht damit zubringen mögen, an ihrer Statt zu nähen und zu spinnen, und wenn sie ihm seinen Lohn zahlen wollte, der jetzt auf ungefähr zwanzig Taler angestiegen war, wurde er böse und zwang sie, das Geld ohne Wissen des Müllers zu behalten.

«Wenn meine Mutter Zabelle nicht gestorben wäre», sagte er, «hätte sie dieses Geld bekommen. Ich frage Euch deshalb, was soll ich mit Geld anfangen? Ich brauche es nicht, denn Ihr kümmert Euch ja um meine Kleider und gebt mir die Holzschuhe. Behaltet es also für Menschen, die unglücklicher sind als ich. Ihr arbeitet schon so viel für die armen Leute! Nun, wenn Ihr mir Geld gebt, müßt Ihr noch mehr arbeiten, und wenn Ihr krank werden und sterben solltet wie meine arme Zabelle, möchte ich gerne wissen, wozu mir das Geld in meiner Truhe dienen soll? Würde es Euch ins Leben zurückrufen und mich daran hindern, mich in den Fluß zu werfen?»

«Das darf nicht dein Ernst sein», sagte ihm Madeleine eines Tages, als er wieder einmal auf diese Idee zurückkam, wie es von Zeit zu Zeit geschah. «Sich das Leben nehmen gehört sich nicht für einen Christen, und wenn ich sterben sollte, wäre es deine Pflicht, weiterzuleben, um Jeannie zu trösten und ihm beizustehen. Oder würdest du das etwa nicht tun?»

«Doch, solange Jeannie ein Kind ist und meine Freundschaft nötig hat. Aber nachher!... Reden wir nicht davon, Madame Blanchet. In diesem Punkt kann ich kein guter Christ sein. Rackert Euch nicht so sehr ab und sterbt mir nicht, wenn Ihr wollt, daß ich auf dieser Erde lebe.»

«Sei ganz ruhig, ich habe gar keine Lust zu sterben. Ich bin gesund. Ich bin die Arbeit gewohnt und bin jetzt sogar stärker als in meiner Jugend.»

«In Eurer Jugend!» sagte François erstaunt. «Seid Ihr etwa nicht jung?»

Und er hatte Angst, sie sei womöglich alt genug, um zu sterben.

«Ich glaube, ich habe keine Zeit gehabt, jung zu sein», entgegnete Madeleine lachend wie jemand, der gute Miene zum bösen Spiel macht; «und jetzt bin ich fünfundzwanzig, das fängt an zu zählen für eine Frau meiner Art; denn ich habe eine weniger robuste Natur als du, mein Junge, und ich habe Kümmernisse durchgemacht, die mich vorzeitig haben altern lassen.»

«Kümmernisse! Weiß Gott, ja! Zur Zeit, als Monsieur Blanchet Euch so hart behandelte, habe ich das wohl gemerkt. Ah! Möge der liebe Gott mir verzeihen! Ich bin doch sicher kein böser Mensch; aber einmal, als er die Hand gegen Euch erhoben hat, als wollte er Euch schlagen... Ah! Er tat gut daran, sich anders zu besinnen, denn ich hatte einen Dreschflegel genommen – niemand hatte es beachtet – und wollte über ihn herfallen... Aber das ist schon lange her, Madame Blanchet, denn ich erinnere mich, daß ich einen ganzen Kopf kleiner war als er, und heute kann ich seine Haare von oben sehen. Und jetzt sagt er Euch sozusagen nichts mehr, Madame Blanchet; seid Ihr jetzt nicht mehr unglücklich?»

«Jetzt nicht mehr! Glaubst du?» sagte Madeleine etwas scharf, weil sie daran dachte, daß sie in ihrer Ehe nie Liebe empfangen hatte. Aber sie faßte sich wieder, denn das ging den Champi nichts an, und sie durfte solcherlei Gedanken nicht vor einem Kind äußern. «Jetzt», sagte sie, «bin ich nicht mehr unglücklich, da hast du recht; ich lebe, wie es mir beliebt. Mein Mann behandelt mich sehr viel anständiger; mein Sohn gedeiht gut, und ich habe mich über nichts zu beklagen.»

«Und mich zieht Ihr dabei nicht in Betracht? Mich... ich...»

«Natürlich! Auch du gedeihst gut, und das bereitet mir Freude.»

«Aber ich bereite Euch vielleicht auch sonst noch Freude?»

«Ja, du beträgst dich gut, du bist besonnen in allen Dingen, und ich habe Freude an dir.»

«Oh! Wenn Ihr keine Freude an mir hättet, was für ein schlechter Kerl und Nichtsnutz müßte ich dann sein, nachdem Ihr mich so gut behandelt habt! Aber es gibt noch etwas anderes, das Euch glücklich machen sollte, wenn Ihr gleich dächtet wie ich.»

«Nun, dann sag es mir, denn ich weiß nicht, was für einen Winkelzug du dir ausgedacht hast, um mich zu überlisten.»

«Da ist kein Winkelzug, Madame Blanchet; ich muß nur in mich hineinschauen, und dann sehe ich etwas; nämlich, selbst wenn ich Hunger, Durst, Hitze und Kälte erdulden müßte und überdies jeden Tag krumm und lahm geprügelt würde und nachher nur ein Bündel Dornen oder einen Haufen Steine hätte, um darauf auszuruhen, nun gut!... Versteht Ihr?»

«Ich glaube, ja, François; trotz all diesem Bösen würdest du dich nicht unglücklich fühlen, wenn nur dein Herz in Frieden mit Gott wäre?»

«Das zuerst, und es ist selbstverständlich. Aber ich wollte etwas anderes sagen.»

«Ich komme nicht dahinter, und ich merke, daß du jetzt schlauer bist als ich.»

«Nein, ich bin nicht schlau. Ich sage nur, daß ich alle Nöte erdulden würde, die einem sterblichen Menschen in seinem Leben widerfahren können,

und daß ich immer noch froh wäre, wenn ich daran
denke, daß Madame Blanchet mir ihre Zuneigung
schenkt. Und deswegen meinte ich vorhin, wenn
Ihr gleich dächtet wie ich, würdet Ihr sagen: ‹François hat mich so lieb, daß ich froh bin, auf der Welt
zu sein.›»

«Wahrhaftig! Du hast recht, mein armer, lieber
Junge», antwortete Madeleine, «und wenn ich so
höre, was du mir alles sagst, überkommt mich zuweilen gleichsam die Lust zu weinen. Ja, wirklich,
deine Liebe zu mir ist eines der größten Güter meines Lebens, vielleicht das größte nach… nein, ich
will sagen *mit* jener meines Jeannie. Da du älter
bist, verstehst du besser, was ich dir sage, und verstehst es auch besser, mir zu sagen, was du denkst.
Ich versichere dir, daß ich mit euch beiden nie Verdruß habe und daß ich den lieben Gott heute nur
um eines bitte, nämlich noch lange so wie jetzt im
Familienkreis weiterleben zu dürfen, ohne uns zu
trennen.»

«Ohne uns zu trennen, das will ich meinen!»
sagte François. «Ich wollte mich lieber in Stücke
reißen lassen, als mich von Euch trennen. Wer
würde mich lieben, wie Ihr mich geliebt habt? Wer
würde sich in die Gefahr begeben, wegen eines armen Champi grausam behandelt zu werden, und
wer würde ihn *mein Kind* nennen, meinen lieben
Sohn? Denn so nennt Ihr mich doch sehr oft, beinahe immer. Und desgleichen sagt Ihr mir oft,
wenn wir allein sind: ‹Nenn mich *meine Mutter* und
nicht immer Madame Blanchet.› Und ich getraue
mich nicht, weil ich zu sehr fürchte, mich daran zu
gewöhnen und das Wort vor allen Leuten auszusprechen.»

«Und wenn schon?»

«Oh! Wenn schon! Man würde es Euch zum Vorwurf machen, und ich will nicht, daß man Euch
meinetwegen behelligt. Ich bin nicht hochmütig,
gewiß nicht! Von mir aus brauchen die Leute nicht
zu merken, daß Ihr mich meines Standes als Findelkind enthoben habt. Ich bin glücklich genug, ganz
still für mich zu wissen, daß ich eine Mutter habe,
deren Kind ich bin! Ah! Ihr dürft nicht sterben,
Madame Blanchet», fügte der arme François noch
hinzu und schaute sie mit einem traurigen Ausdruck an, denn seit einiger Zeit fürchtete er insge-
heim irgendein Unglück. «Wenn ich Euch verlieren
würde, hätte ich niemanden mehr auf der Welt,
denn Ihr kommt bestimmt ins Paradies zum lieben
Gott, und ich bin nicht sicher, verdienstvoll genug
zu sein, um die Belohnung zu empfangen, daß ich
Euch dorthin folgen darf.»

François hatte in allem, was er sagte, und in allem,
was er dachte, eine Art Vorahnung eines großen
Unheils, und einige Zeit später sollte es ihn treffen.

Er war der Geselle der Mühle geworden. Er holte
mit seinem Pferd das Korn bei den Kunden und
brachte es ihnen als Mehl zurück. Das zwang ihn
oft zu langen Ritten, und er kam auch häufig zur
Geliebten von Blanchet, die eine knappe Meile von
der Mühle entfernt wohnte. Er schätzte diesen Auftrag nicht und blieb dort keine Minute länger,
sobald sein Korn gewogen und gemessen war…

An diesem Punkt der Geschichte hielt die Erzäh-
lerin inne.

«Seid ihr euch bewußt, wie lange ich jetzt schon
spreche?» sagte sie zu den Dorfbewohnern, die ihr
zuhörten. «Ich habe nicht mehr soviel Atem wie als
Fünfzehnjährige, und mir will scheinen, der Hanf-

brecher, der die Geschichte besser kennt als ich, könnte mich eigentlich ablösen. Um so mehr, als wir zu einem Punkt gelangen, an den ich mich weniger genau erinnere.»

«Und ich», versetzte der Hanfbrecher, «weiß genau, warum Ihr in der Mitte ein schlechteres Gedächtnis habt als am Anfang; nämlich weil die Dinge sich für das Findelkind allmählich zum Bösen wenden und Euch das grämt, denn Ihr habt ein Hühnerherz wie alle Betschwestern, wenn es um Liebesgeschichten geht.»

«Dann wird also jetzt eine Liebesgeschichte daraus?» fragte Sylvine Courtioux, die auch dabei war.

«Da haben wir's!» sagte der Hanfbrecher. «Wußte ich doch, daß mir alle jungen Mädchen die Ohren spitzen würden, wenn ich dieses Wort fallenließ. Aber Geduld, die Stelle, an der ich die Geschichte aufnehme, um sie zu einem guten Ende zu führen, betrifft noch nicht, was ihr wissen möchtet. Wo waren wir stehengeblieben, Mutter Monique?»

«Ich war bei Blanchets Geliebten.»

«Richtig», sagte der Hanfbrecher.

Diese Frau hieß Sévère*, ein Name, der gar nicht zu ihr paßte, denn in ihren Ansichten gab es nichts dergleichen. Sie verstand es vorzüglich, die Leute um den Finger zu wickeln, deren Taler sie an der Sonne schimmern sehen wollte. Man konnte nicht behaupten, sie sei böse gewesen, denn sie war eine fröhliche und unbekümmerte Natur, aber sie bezog alles auf sich und scherte sich keinen Deut um den Schaden der anderen, wenn sie nur schön ausstaffiert war und gefeiert wurde. Man hatte sie landauf, landab viel begehrt, und es hieß, sie habe zu viele

* *Sévère* bedeutet soviel wie streng. (Anm. d. Übers.)

Leute nach ihrem Geschmack gefunden. Sie war noch immer eine sehr schöne und sehr einnehmende Frau, füllig zwar, aber munter und frisch wie eine Herzkirsche. Sie achtete nicht weiter auf das Findelkind, und wenn sie dem Knaben auf dem Kornspeicher oder im Hof begegnete, sagte sie ihm irgend etwas Albernes, um sich über ihn lustig zu machen, und zwar ohne böse Absicht, nur um des Vergnügens willen, ihn erröten zu sehen; denn er errötete wie ein Mädchen, wenn diese Frau mit ihm sprach, und er fühlte sich unbehaglich. Er fand ihr Gehaben irgendwie dreist, und sie machte ihm den Eindruck, häßlich und boshaft zu sein, obwohl sie weder das eine noch das andere war; zumindest überkam die Bosheit sie nur, wenn man ihre Pläne durchkreuzte oder ihre Selbstzufriedenheit störte; und zudem muß gesagt sein, daß sie beinahe ebenso gern gab, wie sie nahm. Sie war aus Gefallsucht freigebig und hatte große Freude an Dankesbezeigungen. Aber in den Augen des Findelkinds war sie nur eine Teufelin, die Madame Blanchet zwang, mit wenigem auszukommen und über ihre Kräfte zu arbeiten.

Es geschah indessen, daß der Champi sein siebzehntes Jahr erreichte und daß Madame Sévère fand, er sei ein verteufelt hübscher Junge. Er sah nicht so aus wie die anderen Halbwüchsigen auf dem Land, die in diesem Alter untersetzt und gewissermaßen zusammengesackt sind und erst zwei oder drei Jahre später den Eindruck erwecken, sich zu entfalten und etwas zu werden. Er aber war schon groß und gut gebaut; er hatte eine sogar zur Erntezeit weiße Haut und ganz krauses Haar, das an der Wurzel brünett wirkte und in goldfarbene Spitzen auslief.

«...So habt Ihr sie doch gern, Mutter Monique? Ich meine natürlich die Haare und nicht im geringsten die jungen Burschen.»

«Das geht Euch nichts an», antwortete die Magd des Pfarrers. «Erzählt lieber Eure Geschichte.»

Der Champi ging nach wie vor ärmlich gekleidet, aber er liebte die Sauberkeit, die Madeleine Blanchet ihn gelehrt hatte; und so, wie er war, hatte er eine Art, die man bei keinem anderen fand. Die Sévère sah das alles nach und nach, und zuletzt sah sie es so genau, daß sie sich in den Kopf setzte, ihn ein bißchen aufzuwecken. Sie hatte keine Vorurteile, und wenn sie jemanden sagen hörte: «Schade, daß ein so hübscher Bursche ein Findelkind ist», antwortete sie: «Die Findelkinder haben alles, um schön zu sein, weil sie von der Liebe in die Welt gesetzt wurden.»

Und nun hört, was sie sich ausdachte, um mit ihm zusammenzusein. Am Jahrmarkt von Saint-Denis-de-Jouhet gab sie Blanchet unvernünftig viel zu trinken, und als sie sah, daß er nicht mehr fähig war, einen Fuß vor den anderen zu setzen, vertraute sie ihn ihren dortigen Freunden an, die ihn zu Bett bringen sollten. Und dann sagte sie zu François, der mit seinem Meister gekommen war, um das Vieh auf den Jahrmarkt zu führen: «Hör, Kleiner, ich lasse meine Stute deinem Meister, damit er morgen früh heimkehren kann; du nimmst seine, du läßt mich hinten aufsitzen und bringst mich so nach Hause.»

Dieses Vorhaben war nicht nach François' Geschmack. Er sagte, die Stute der Mühle sei nicht kräftig genug, um zwei Personen zu tragen; und er anerbot sich, die Sévère nach Hause zu begleiten, sie auf ihrem Pferd und er auf Blanchets Stute; dann wollte er ungesäumt zurückkehren und seinen Herrn mit einem anderen Pferd holen, und er verbürgte sich dafür, frühmorgens in Saint-Denis-de-Jouhet zu sein; aber die Sévère hörte ebensowenig auf ihn wie der Scherer auf das Schaf und befahl ihm, zu gehorchen. François hatte Angst vor ihr, denn da Blanchet alles nur mit ihren Augen sah, konnte sie ihn aus der Mühle fortjagen lassen, wenn er ihr Mißfallen erregte, um so mehr, als Johanni vor der Tür stand. Der arme Junge ließ sie also hinten aufsitzen, ohne zu ahnen, daß dies kein nützlicheres Mittel war, um seinem widrigen Geschick zu entgehen.

VIII

Als sie aufbrachen, dämmerte es bereits, und als sie über die Schütze des Teichs von Rochefolle kamen, herrschte finstere Nacht. Der Mond war noch nicht aus dem Wald aufgetaucht, und die in dieser Gegend von den sprudelnden Quellen ausgewaschenen Wege waren alles andere als gut. Eben deshalb spornte François die Stute an und ritt schnell, denn er fand keinerlei Vergnügen an Sévères Gesellschaft und wünschte nur, schon bei Madame Blanchet zu sein.

Aber die Sévère, die es gar nicht eilig hatte, nach Hause zu kommen, begann sich als Dame aufzuspielen und sagte, sie habe Angst, er solle gefälligst im Schritt gehen, denn die Stute hebe ihre Hufe nicht recht und laufe Gefahr, zu stürzen.

«Ach was!» meinte François, ohne auf sie zu hören, «das wäre sicher das erstemal, daß sie zum lieben Gott beten würde; denn, mit Verlaub zu sagen, eine so unfromme Stute habe ich noch nie gesehen!»

«Du bist witzig, François», kicherte die Sévère, als ob er etwas Urkomisches und völlig Neues gesagt hätte.

«Aber gar nicht, wirklich!» entgegnete François und dachte, sie wolle sich über ihn lustig machen.

«Hör, du wirst doch sicher nicht im Trab da hinunterreiten wollen?»

«Nur keine Angst, wir werden das ganz schön im Trab bewältigen.»

Das Hinabtraben verschlug der dicken Sévère den Atem und hinderte sie am Reden, und das ärgerte sie, denn sie gedachte den jungen Mann mit ihren Worten zu betören. Aber sie suchte zu verbergen, daß sie nicht mehr jung und zierlich genug war, um die Anstrengung zu ertragen, und so schwieg sie ein Stück Wegs.

Als sie sich im Kastanienwald befanden, kam ihr in den Sinn, zu sagen: «Warte, François, du mußt anhalten, mein lieber François, die Stute hat eben ein Eisen verloren.»

«Und wenn sie alle verloren hätte», sagte François, «so habe ich hier weder Nägel noch Hammer, um sie wieder zu beschlagen.»

«Aber das Eisen darf nicht verlorengehen. Es ist teuer! Steig ab, sage ich dir, und such es.»

«Bei Gott, ich könnte es leicht zwei Stunden lang suchen, ohne es in diesem Farnkraut zu finden! Und meine Augen sind keine Laternen.»

«O doch, François», sagte die Sévère in halb albernem, halb freundschaftlichem Ton; «deine Augen glimmen wie Leuchtkäfer.»

«Dann seht Ihr sie also hinter meinem Hut?» versetzte François, von diesem vermeintlichen Gespött sehr verstimmt.

«In diesem Augenblick sehe ich sie nicht», sagte die Sévère mit einem Seufzer, der ebenso füllig war wie sie; «aber ich habe sie schon bei anderen Gelegenheiten gesehen!»

«Sie haben Euch nie etwas gesagt», fuhr das unschuldige Findelkind fort. «Ihr könnt sie gewiß in Ruhe lassen, denn sie sind Euch nie unbotmäßig begegnet und werden es auch nicht tun.»

Hier fiel die Magd des Pfarrers ein und sagte: «Ich glaube, Ihr könntet jetzt ein Stück der Geschichte überspringen. Es ist nicht besonders inter-

essant, alle faulen Gründe zu erfahren, mit denen
diese verworfene Frau unser Findelkind von seinem geraden Weg abzubringen suchte.»

«Seid unbesorgt, Mutter Monique», antwortete
der Hanfbrecher, «ich werde alles überspringen,
was nötig ist. Ich weiß, daß ich vor jungen Ohren
spreche, und werde kein Wort zuviel sagen.»

Wir waren also bei François' Augen stehen-
geblieben, denen die Sévère gerne etwas von der
Schicklichkeit genommen hätte, deren er sich im
Umgang mit ihr rühmte.

«Wie alt seid Ihr eigentlich, François?» fragte sie
und versuchte, ihn mit «Ihr» anzureden, um ihm zu
verstehen zu geben, daß sie ihn nicht mehr wie
einen kleinen Jungen behandeln wollte.

«Oh! Meiner Treu! Ich weiß es selbst nicht so
genau», antwortete der Champi, dem es nun langsam dämmerte. «Ich vertreibe mir nicht die Zeit damit, meine Tage zu zählen.»

«Es heißt, daß Ihr erst siebzehn Jahre alt seid»,
fuhr sie fort; «aber ich wette, daß Ihr zwanzig seid,
denn Ihr scheint erwachsen, und bald wird Euch
der Bart sprießen.»

«Das ist mir denkbar gleichgültig», sagte François gähnend.

«Hoppla! Ihr reitet zu schnell, mein Junge. Eben
habe ich meine Börse verloren!»

«Verflixt!» sagte François, der ihr noch nicht so
richtig auf die Schliche gekommen war. «Dann
müßt Ihr eben absitzen und sie suchen, denn es hat
vielleicht mißliche Folgen?»

Er stieg ab und half ihr beim Absitzen; sie ver-
säumte nicht, sich auf ihn zu stützen, und sie kam
ihm schwerer vor als ein Sack voll Korn.

Sie gab vor, ihre Börse zu suchen, die sie in ihrer Tasche hatte, und er ging fünf oder sechs Schritt voraus und hielt die Stute am Zaum.

«He! Helft Ihr mir nicht beim Suchen?» sagte sie.

«Ich muß doch die Stute halten», antwortete er, «denn sie denkt an ihr Füllen und würde davonlaufen, wenn ich sie losließe.»

Die Sévère suchte unter den Hufen der Stute ganz nahe bei François, und daran merkte er, daß sie überhaupt nichts verloren hatte, es sei denn den Verstand.

«Wir waren noch gar nicht hier, als Ihr nach Eurem Geldbeutelchen geschrien habt. Also könnt Ihr es hier auch nicht finden.»

«Meinst du denn, es sei nicht wahr, du Schelm?» entgegnete sie und versuchte, ihn am Ohr zu zupfen. «Denn ich glaube, daß du den Schelm spielst...»

Aber François wich zurück und war nicht zum Schäkern bereit.

«Nein, nein», sagte er, «wenn Ihr Euer Geld wiedergefunden habt, wollen wir aufbrechen, denn ich habe mehr Lust zu schlafen, als zu spaßen.»

«Dann wollen wir ein wenig plaudern», sagte die Sévère, als sie wieder hinter ihm aufgesessen war; «das bannt, wie man so sagt, die Verdrießlichkeit des Wegs.»

«Ich habe keinen Bannspruch nötig», antwortete das Findelkind, «es gibt für mich keine Verdrießlichkeit.»

«Das ist das erste freundliche Wort, das du mir sagst, François!»

«Wenn es ein nettes Wort ist, dann ist es mir ganz ohne mein Zutun gekommen, denn ich verstehe mich nicht auf schöne Reden.»

Die Sévère fing an, wütend zu werden; aber sie

83

wollte es immer noch nicht wahrhaben. «Dieser Junge muß ebenso einfältig sein wie ein Spatz», sagte sie sich. «Wenn ich es fertigbrächte, daß er sich verirrt, müßte er wohl oder übel ein Weilchen mit mir verbringen.»

Und nun versuchte sie, ihn in die Irre zu führen und ihn nach links zu schicken, wenn er nach rechts wollte.

«Ihr verirrt Euch», sagte sie ihm; «Ihr kommt wohl zum erstenmal hier durch. Ich kenne diese Wege besser als Ihr. Hört auf mich, sonst zwingt Ihr mich, die Nacht im Wald zu verbringen, junger Mann!»

Aber François kannte jeden Weg, auch wenn er ihn nur einmal genommen hatte, so genau, daß er ihn noch nach einem Jahr wiedergefunden hätte.

«Nicht doch, nicht doch», sagte er, «es geht hier durch, und ich bin ganz sicher nicht übergeschnappt. Die Stute kennt sich ebenfalls aus, und ich habe keine Lust, die Nacht damit zu verbringen, im Wald herumzuirren.»

So kam es, daß er das Gut von Dollins erreichte, wo die Sévère wohnte, ohne auch nur eine Viertelstunde verloren zu haben und ohne sein Ohr ihren Artigkeiten auch nur so weit wie ein Nadelöhr zu öffnen. Als sie angekommen waren, wollte sie ihn zurückhalten, indem sie erklärte, die Nacht sei zu schwarz, das Wasser sei gestiegen und die Furten seien überschwemmt. Aber diese Gefahren kümmerten den Champi nicht, und von so viel törichtem Gerede verdrossen, preßte er der Stute die Fersen in die Flanken, setzte sie in Galopp und kehrte ohne weiteres Federlesens schleunigst in die Mühle zurück, wo Madeleine Blanchet ihn wegen seiner großen Verspätung bekümmert erwartete.

IX

François erzählte Madeleine nichts von den Dingen, die ihm die Sévère zu verstehen gegeben hatte; er hätte es nicht gewagt, ja, er wagte nicht einmal, daran zu denken. Ich behaupte nicht, daß ich bei dieser Begegnung so brav geblieben wäre wie er; aber schließlich schadet Bravheit nicht, und überhaupt sage ich die Dinge, wie sie sind. Dieser Bursche war ebenso sittsam wie ein züchtiges Mädchen.

Aber als Madame Sévère in der Nacht vor sich hin sann, erboste sie sich gegen ihn und kam auf den Gedanken, er sei vielleicht gar nicht so einfältig, sondern eher abschätzig. Bei dieser Vorstellung gerieten ihr Geist und ihre Galle gleichermaßen in Wallung, und heftige Rachegelüste gingen ihr durch den Kopf.

So sehr, daß sie Cadet Blanchet am nächsten Tag, als er halb ernüchtert wieder bei ihr war, zu verstehen gab, sein Müllergeselle sei ein kleiner Frechling, und sie habe sich gezwungen gesehen, ihn im Zaum zu halten und ihm mit dem Ellenbogen eins über den Schnabel zu wischen, weil er es sich hatte einfallen lassen, ihr Süßholz zu raspeln und zu versuchen, sie auf der nächtlichen Rückkehr durch den Wald zu küssen.

Das war mehr als genug, um Blanchets Geister zu verwirren; aber sie fand, das sei immer noch nicht ausreichend, und machte sich über ihn lustig, weil er in seinem Hause bei seiner Frau einen Knecht duldete, der alt genug und durchaus aufgelegt war, ihr die Langeweile zu vertreiben.

So wird Blanchet urplötzlich auf seine Geliebte und auf seine Frau eifersüchtig. Er nimmt seinen Stechpalmenstock und stülpt den Hut über seine Augen wie ein Löschhorn über eine Kerze und läuft, ohne lange zu überlegen, zur Mühle.

Zum Glück fand er den Champi nicht vor. Er war fortgegangen, um einen Baum zu fällen und zu zersägen, den Blanchet bei Blanchard in Guérin gekauft hatte, und wurde erst am Abend zurückerwartet. Blanchet hätte ihn wohl bei seiner Arbeit aufgesucht, aber er fürchtete, wenn er seiner Empörung Luft machte, würden die jungen Müller von Guérin ihn und seine Eifersucht verlachen, die kaum angebracht war, nachdem er seine Frau so schmählich im Stich gelassen und mit so viel Verachtung behandelt hatte.

Er hätte wohl auch auf sein Heimkommen gewartet, aber es langweilte ihn, den Rest des Tages daheim zu verbringen, und der Streit, den er mit seiner Frau vom Zaun zu brechen gedachte, konnte nicht lange genug dauern, um ihn bis am Abend zu beschäftigen. Man kann nicht lange böse bleiben, wenn man ganz alleine böse ist.

Zu guter Letzt hätte er vielleicht sogar dem Gespött getrotzt und die Langeweile ertragen, um das Vergnügen zu genießen, das arme Findelkind durchzuprügeln; aber da er sich unterwegs ein wenig beruhigt hatte, dachte er, daß dieser Unglückschampi kein kleines Kind mehr war, und wenn er alt genug war, sich die Liebe in den Kopf zu setzen, war er auch durchaus alt genug, seine Hände in den Dienst des Zorns oder der Gegenwehr zu stellen. Dies alles bewirkte, daß er versuchte, seinen Gleichmut zurückzugewinnen, indem er wortlos seinen Wein trank und in seinem Kopf an der Rede herumstudierte, die er seiner Frau halten wollte, ohne zu wissen, wo er anfangen sollte.

Er hatte ihr beim Eintreten barsch gesagt, sie müsse ihn anhören, und nun verharrte sie abwartend, in ihrer gewohnten Haltung, traurig, ein wenig stolz und vollkommen stumm.

«Madame Blanchet», sagte er schließlich, «ich habe Euch einen Befehl zu erteilen, und wenn Ihr die Frau wärt, die Ihr zu sein scheint und für die man Euch hält, hättet Ihr nicht auf meine Aufforderung gewartet.»

Daraufhin verstummte er, wie um Atem zu schöpfen, aber in Wirklichkeit schämte er sich beinahe dessen, was er ihr sagen wollte, denn die Tugend stand auf dem Gesicht seiner Frau geschrieben wie ein Gebet in einem Stundenbuch.

Madeleine half ihm nicht, sich zu erklären. Sie sagte kein Wort und wartete das Ende ab, denn sie dachte, er werde ihr irgendeine Ausgabe vorwerfen, und war keineswegs auf das gefaßt, worum es ging.

«Ihr tut, als verstündet Ihr mich nicht, Madame Blanchet», fuhr der Müller fort, «und dabei ist die Sache doch völlig klar. Es handelt sich also darum, daß Ihr mir das Gesindel hinausschmeißt, und zwar sofort, denn ich habe genug und übergenug.»

«Was hinausschmeißen?» fragte Madeleine verblüfft.

«Was hinausschmeißen! Wagt Ihr es nicht, zu fragen, wen?»

«Wahrhaftiger Gott! Nein, ich weiß es nicht», sagte sie. «Erklärt Euch, wenn Ihr wollt, daß ich Euch verstehe.»

«Ihr bringt mich noch völlig aus dem Häuschen!» schrie Cadet Blanchet und brüllte wie ein Stier. «Ich sage Euch, daß dieses Findelkind nicht in meinem Hause bleibt, und wenn der Kerl morgen früh noch hier ist, zeige ich ihm mit meinen Armen und Fäusten den Weg, es sei denn, er zieht es vor, unter mein Mühlrad zu geraten.»

«Das sind garstige Worte und eine schlechte Idee, Meister Blanchet», sagte Madeleine, die nicht vermeiden konnte, so weiß zu werden wie ihre Haube. «Ihr werdet Euer Auskommen vollends verlieren, wenn Ihr diesen Jungen fortschickt; denn Ihr werdet nie wieder so einen finden, der Eure Arbeit tut und sich mit wenig zufrieden gibt. Was hat der arme Junge Euch denn getan, daß Ihr ihn so herzlos davonjagen wollt?»

«Er läßt mich die Rolle des Hahnreis spielen, sage ich Euch, Frau Gemahlin, und ich habe nicht die Absicht, zum Gegenstand des Gelächters der ganzen Gegend zu werden. Er ist der Herr in meinem Hause, und die Arbeit, die er leistet, verdient mit Knüppelhieben abgegolten zu werden.»

Es bedurfte einer gewissen Zeit, bis Madeleine begriff, was ihr Mann eigentlich meinte. Sie kam zunächst überhaupt nicht auf diesen Gedanken und nannte ihm alle guten Gründe, die ihr einfallen wollten, um ihn zu beschwichtigen und von seinem Einfall abzubringen.

Aber es war verlorene Liebesmüh. Er wurde nur um so zorniger, und als er sah, daß es ihr naheging, ihren getreuen Diener François zu verlieren, überfiel ihn erneut die Eifersucht, und er gab ihr diesbezüglich so harte Worte, daß ihr schließlich die Augen aufgingen und sie anfing, vor Scham, Stolz und übergroßem Leid zu weinen.

Das verschlimmerte alles; Blanchet schwor, sie sei in diese Findelhausware verliebt, er müsse sich ihretwegen schämen, und wenn sie diesen Champi nicht ungesäumt an die Luft setze, werde er ihn durchwalken und Kleinholz aus ihm machen.

Daraufhin entgegnete sie in heftigerem Ton als sonst, daß er zwar durchaus das Recht besaß, aus seinem Hause fortzuschicken, wen er wollte, nicht aber, seine ehrbare Frau zu beleidigen und zu beschimpfen, und sie werde sich beim lieben Gott und bei den Heiligen im Paradies beklagen, weil diese Ungerechtigkeit ihr ein allzu großes Unrecht und einen allzu großen Kummer zufügte. Und so gab ein Wort das andere, bis sie ihm schließlich gegen ihre eigentliche Absicht sein ungehöriges Betragen vorwarf und ihm die ganz richtige Überlegung vorhielt, daß man den anderen gerne die Kappe in den Dreck werfen möchte, wenn einem unter der eigenen nicht wohl ist.

Der Streit verschärfte sich weiter, und als Blanchet allmählich einsah, daß er sich im Unrecht befand, war der Wutausbruch seine einzige Zuflucht. Er drohte Madeleine, ihr den Mund mit dem Handrücken zu verschließen, und hätte es getan, wenn nicht Jeannie, von diesem Krawall herbeigerufen und von ihrem Gezänk verstört, totenblaß zwischen sie getreten wäre, ohne zu wissen, was mit ihnen los war. Blanchet wollte ihn wegschicken, und da weinte er, was seinem Vater Anlaß bot, zu erklären, er sei schlecht erzogen, eine Memme, eine Tränenliese, und seine Mutter werde nichts Brauchbares aus ihm machen. Dann faßte er seinen Entschluß und stand auf, während er mit seinem Stock die Luft zerschnitt und schwor, er werde jetzt das Findelkind kurzerhand umbringen.

Als Madeleine ihn so vor Raserei außer sich sah, warf sie sich ihm entgegen, und zwar mit solcher Entschlossenheit, daß er aus der Fassung geriet und sie gewähren ließ; sie nahm ihm den Stock aus den Händen und warf ihn weit in den Fluß. Dann sagte sie ihm ohne die geringste Nachgiebigkeit: «Ihr werdet ins Verderben rennen, wenn Ihr auf Euren Querschädel hört. Bedenkt bloß, wie rasch ein Unglück geschehen ist, wenn man außer sich gerät, und wenn Ihr schon keine Menschlichkeit besitzt, denkt wenigstens an Euch selbst und an die Folgen, die eine böse Tat für das Leben eines Menschen haben kann. Seit langem schon führt Ihr das Eure zügellos, mein Mann, und jagt im gestreckten Galopp über eine schiefe Bahn. Ich werde Euch wenigstens heute daran hindern, Euch in eine noch schlimmere Übeltat zu stürzen, die hienieden und im Jenseits ihre Strafe fände. Ihr werdet niemanden umbringen, sondern jetzt vielmehr dorthin zurückkehren, wo Ihr hergekommen seid, anstatt Euch so starrsinnig für eine Beleidigung rächen zu wollen, die Euch gar nicht zugefügt worden ist. Geht jetzt fort, ich befehle es Euch in Eurem eigenen Interesse, und es ist das erstemal in meinem Leben, daß ich Euch einen Befehl erteile. Ihr werdet gehorchen, denn Ihr könnt feststellen, daß ich Euch deswegen nicht den gebührenden Respekt versage. Ich schwöre Euch bei meinem Glauben und bei meiner Ehre, daß der Champi morgen nicht mehr im Hause sein wird und daß Ihr herkommen könnt, ohne zu befürchten, ihm zu begegnen.»

Nach diesen Worten öffnete Madeleine die Haustür, um ihren Mann fortzuschicken, und Cadet Blanchet, der ganz verblüfft war, sie solche Saiten aufziehen zu sehen, und im Grunde froh, den Rückzug anzutreten, nachdem er Botmäßigkeit erlangt hatte, ohne seine Haut zu Markte zu tragen, stülpte seinen Hut wieder auf den Kopf und kehrte ohne ein weiteres Wort zur Sévère zurück. Er prahlte wohl ihr und anderen gegenüber, er habe seiner Frau und dem Findelkind den Stock zu schmecken gegeben; aber da das nicht zutraf, war das Vergnügen der Sévère nur blauer Dunst.

Als Madeleine Blanchet allein war, schickte sie ihre Schafe und ihre Ziege unter Jeannies Obhut aufs Feld und ging zur Schleuse der Mühle hinüber, an deren Ende das Wasser ein Eckchen Land ringsum abgespült hatte, wo aus den alten Wurzelstöcken so viel neue Schößlinge und dichte Zweige hervorgesprossen waren, daß man keine zwei Schritt weit sah. Dorthin ging sie oft, um dem lieben Gott ihre Gedanken zu bringen, weil sie dort ungestört war und sich in den hohen wilden Gräsern verborgen halten konnte wie ein Wasserhuhn in seinem Nest aus grünen Reisern.

Sobald sie dort war, fiel sie auf die Knie, um ein ordentliches Gebet zu sprechen, dessen sie dringend bedurfte und von dem sie sich großen Trost erhoffte; aber sie konnte an nichts anderes denken als das arme Findelkind, das sie wegschicken mußte und von dem sie so sehr geliebt wurde, daß ihm vor Leid das Herz zu brechen drohte. So kam es, daß sie dem lieben Gott nichts anderes sagen konnte, als daß es sie allzu unglücklich machte, ihren einzigen Halt zu verlieren und sich vom Kind ihres Herzens zu trennen. Und dann weinte sie sehr, so sehr, daß sie nur durch ein Wunder mit dem Leben davonkam, denn sie war derart von den Tränen erstickt, daß sie längelang ins Gras fiel und über eine Stunde, ihrer Sinne beraubt, liegenblieb.

Bei Einbruch der Nacht versuchte sie indessen, sich aufzuraffen; und da sie Jeannie singend mit seinen Tieren heimkehren hörte, erhob sie sich, so

gut es eben ging, und begab sich ins Haus, um das
Abendessen zuzubereiten. Wenig später hörte sie
die Ochsen mit der von Blanchet gekauften Eiche
kommen, und Jeannie lief fröhlich seinem Freund
François entgegen, den er den ganzen Tag über
vermißt hatte. Der arme kleine Jeannie hatte im
Augenblick darunter gelitten, daß sein Vater seiner
Mutter ein so garstiges Gesicht schnitt, und auf
dem Feld hatte er geweint, ohne verstehen zu können, was zwischen seinen Eltern los war. Aber Kin-
derschmerz und Morgentau sind nicht von Dauer,
und schon hatte er alles vergessen. Er nahm François an der Hand und brachte ihn, wie ein junges
Rebhuhn hüpfend, zu Madeleine.

Das Findelkind gewahrte auf den ersten Blick die
geröteten Augen der Müllerin und ihr aschfahles
Gesicht. «Mein Gott», sagte er sich, «es hat im Haus
ein Unglück gegeben», und nun erblaßte er ebenfalls; er fing an zu zittern und schaute Madeleine
an, die vermutlich mit ihm reden wollte. Sie aber
hieß ihn sich setzen und gab ihm sein Essen, ohne
etwas zu sagen, und er konnte keinen Bissen hinun-
terwürgen. Jeannie aß und plapperte vor sich hin;
er war jetzt völlig sorglos, denn seine Mutter küßte
ihn von Zeit zu Zeit und ermunterte ihn, tüchtig zu-
zugreifen.

Als er im Bett war und die Magd das Zimmer
aufräumte, ging Madeleine hinaus und bedeutete
François mitzukommen. Sie ging über die Wiese
hinab bis zum Brunnen. Dort faßte sie sich ein
Herz und sagte: «Mein Kind, das Unglück ist über
dich und über mich gekommen, und der liebe Gott
versetzt uns einen harten Schlag. Du siehst, wie ich
darunter leide; versuch du bitte aus Liebe zu mir,
ein weniger schwaches Herz zu haben, denn wenn

du mir nicht beistehst, weiß ich nicht, was aus mir werden soll.»

François ahnte nichts, obschon er sogleich vermutete, daß das Unheil von Monsieur Blanchet kam.

«Was sagt Ihr mir da?» sprach er zu Madeleine und küßte ihre Hände, als wäre sie seine Mutter. «Wie könnt Ihr glauben, ich wäre nicht beherzt genug, um Euch zu trösten und Euch beizustehen? Bin ich nicht Euer Diener, solange mir auf Erden zu weilen bestimmt ist? Bin ich nicht Euer Kind, das für Euch arbeiten wird und das nunmehr stark genug ist, Euch keinerlei Mangel leiden zu lassen? Soll doch Monsieur Blanchet machen, was er will, soll er doch sein Hab und Gut durchbringen, wenn ihm das so gefällt. Ich werde Euch ernähren, ich werde Euch kleiden, Euch und unseren Jeannie. Wenn ich Euch eine Zeitlang verlassen muß, will ich mich verdingen, aber nicht weit weg von hier natürlich!, damit ich Euch jeden Tag sehen und die Sonntage mit Euch verbringen kann. Aber ich bin jetzt kräftig genug, um den Boden zu bestellen und soviel Geld zu verdienen, wie Ihr braucht. Ihr seid ja so vernünftig und lebt mit so wenig! Nun gut! Wenn Ihr Euch nicht mehr so viel für die anderen abspart, wird es Euch auch entsprechend besser gehen. Kommt, Madame Blanchet, kommt, meine liebe Mutter, und beruhigt Euch wieder und weint nicht, denn wenn Ihr weint, habe ich das Gefühl, vor Kummer zu vergehen.»

Da es Madeleine nun klar wurde, daß er die Wahrheit nicht erriet und sie ihm alles sagen mußte, empfahl sie ihre Seele Gott und entschloß sich dazu, ihm den schweren Schmerz zu bereiten, den sie ihm zufügen mußte.

X

«Komm, François, komm, mein Sohn», sagte sie, «das ist es ja nicht. Noch ist mein Mann nicht ruiniert, jedenfalls soweit ich über den Stand seiner Geschäfte unterrichtet bin; und wenn ich lediglich fürchtete, Mangel zu leiden, sähest du mich nicht so niedergeschlagen. Wer genügend Mut zur Arbeit hat, fürchtet das Elend nicht. Da du nicht weißt, was mein Herz krank macht, mußt du wissen, daß Monsieur Blanchet über dich erbost ist und dich nicht länger im Hause dulden will.»

«Wohlan! Das also ist es?» sagte François und stand auf. «So soll er mich doch gleich umbringen, denn nach einem solchen Schlag kann ich ja nicht weiterleben. Wirklich, er soll mit mir Schluß machen, denn ich bin ihm schon lange ein Dorn im Auge, und er trachtet mir nach dem Leben, das weiß ich wohl. Sagt, wo ist er? Ich will zu ihm gehen und ihm sagen: ‹Erklärt mir genau, warum Ihr mich fortjagt. Vielleicht vermag ich Eure fadenscheinigen Gründe zu widerlegen. Und wenn Ihr auf Eurem Beschluß beharrt, so sagt es mir, damit... damit...› Ich weiß nicht, was ich sage, Madeleine; wirklich! Ich weiß es nicht; ich kenne mich nicht mehr, und mir wird schwarz vor den Augen; mein Herz ist erstarrt, und mein Kopf schwindelt; ich werde bestimmt sterben oder verrückt.»

Und der arme Champi warf sich zu Boden und hämmerte mit den Fäusten auf seinen Kopf wie an jenem Tag, als Zabelle ihn ins Findelhaus zurückbringen wollte.

Als Madeleine dies sah, kehrte ihr ganzer Mut zurück. Sie ergriff seine Hände, seine Arme und schüttelte ihn heftig, um ihn zu zwingen, sie anzuhören.

«Wenn Ihr nicht mehr Willen und Gehorsam habt als ein Kind», sagte sie, «verdient Ihr die Zuneigung nicht, die ich Euch entgegenbringe, und ich muß mich schämen, Euch wie meinen Sohn aufgezogen zu haben. Steht auf! Jetzt habt Ihr doch das Mannesalter erreicht, und es gehört sich nicht für einen Mann, sich so am Boden zu wälzen, wie Ihr dies tut. Hört mich an, François, und sagt mir, ob Ihr mich lieb genug habt, um Euren Schmerz zu überwinden und mich eine Zeitlang nicht zu sehen. Schau, mein Kind, es ist notwendig für meine Ruhe und meine Ehre, denn andernfalls wird mein Mann mir Leiden und Demütigungen zufügen. Du mußt mich deshalb heute aus Liebe verlassen, wie ich dich bis zu dieser Stunde aus Liebe hierbehalten habe. Denn die Liebe beweist man auf mancherlei Art, je nach der Zeit und den Umständen. Und du mußt mich sofort verlassen, denn um zu verhindern, daß Monsieur Blanchet eine üble, unbesonnene Tat begeht, habe ich versprochen, daß du morgen früh mehr hier sein wirst. Morgen ist Johanni, du mußt dich verdingen, und zwar nicht zu nahe von hier, denn wenn wir die Möglichkeit hätten, uns häufig zu sehen, wäre es nach Monsieur Blanchets Meinung noch schlimmer.»

«Aber was meint er denn, Madeleine? Was wirft er mir vor? Was habe ich mir zuschulden kommen lassen? Meint er denn immer noch, daß Ihr dem Haus schadet, um mir eine Wohltat zu erweisen? Das ist nicht möglich, denn jetzt gehöre ich ja zu diesem Haus dazu! Ich esse nur, um meinen Hunger zu stillen, und ich trage keinen Strohhalm fort. Vielleicht meint er, daß ich meinen Lohn beziehe, und findet ihn zu kostspielig. Wohlan! Laßt mich meiner Idee folgen, laßt mich zu ihm gehen und ihm erklären, daß ich nie auch nur einen Taler von Euch habe annehmen wollen, seit meine arme Mutter Zabelle gestorben ist; oder wenn es Euch nicht recht ist, daß ich das sage – und übrigens, wenn er es wüßte, würde er von Euch verlangen, ihm den ganzen mir geschuldeten Lohn zurückzuerstatten, den Ihr für mildtätige Werke ausgegeben habt –, nun gut, dann mache ich ihm diesen Vorschlag für das kommende Jahr. Ich will ihm anbieten, unentgeltlich in Eurem Dienst zu bleiben. Auf diese Weise kann er mich nicht mehr für schädlich halten und wird mich in Eurer Nähe dulden.»

«Nein, nein, nein, François», entgegnete Madeleine lebhaft, «das geht nicht; und wenn du ihm so etwas sagtest, überkäme ihn eine solche Wut auf dich und auf mich, daß es ein Unglück gäbe.»

«Aber warum denn?» fragte François. «Auf wen hat er es denn abgesehen? Stellt er sich nur so mißtrauisch, um das Vergnügen zu kosten, uns weh zu tun?»

«Frage mich nicht nach dem Grund seiner Aufgebrachtheit gegen dich, mein Kind; ich kann ihn dir nicht nennen. Ich würde mich zu sehr für ihn schämen, und es ist besser für uns alle, wenn du nicht versuchst, ihn dir vorzustellen. Ich kann dir nur versichern, daß du deine Pflicht mir gegenüber erfüllst, indem du fortgehst. Du bist jetzt groß und stark, du kommst ohne mich durch; und du wirst sogar dein Leben anderswo besser verdienen, da du von mir nichts annehmen willst. Alle Kinder verlassen ihre Mutter, um arbeiten zu gehen, und viele ziehen weit fort. Du machst es also wie die anderen, und ich werde Kummer haben wie alle Mütter, ich werde weinen, ich werde an dich denken, ich werde morgens und abends zu Gott beten, damit er dich vor dem Bösen bewahrt...»

«Ja! Und Ihr stellt einen anderen Knecht ein, der Euch schlecht dienen und kein bißchen für Euren Sohn und Euer Gut sorgen wird, der Euch vielleicht hassen wird, weil Monsieur Blanchet ihm sicher befiehlt, Euch kein Gehör zu schenken, und der ihm alles hinterbringt, was Ihr Gutes tut, und es dabei in Böses verkehrt. Und Ihr werdet unglücklich sein; und ich bin nicht mehr da, um Euch in Schutz zu nehmen und zu trösten! Ah! Ihr vermeint, ich hätte keinen Mut, weil ich leide? Ihr vermeint, daß ich nur an mich denke, und Ihr sagt mir, daß ich anderswo meinen Vorteil finde! Ich aber denke bei alledem nicht an mich. Was macht es mir aus, zu gewinnen oder zu verlieren? Ich frage mich noch nicht einmal, wie ich mit meinem Schmerz fertig werde. Ob ich damit lebe oder daran sterbe, das steht in Gottes Hand, und es ist mir auch ganz gleich, da man mir verbietet, Euch mein Leben zu widmen. Was mich beängstigt und was ich unerträglich finde, ist alles Leid, das ich auf Euch zukommen sehe. Ihr werdet Eurerseits zu Boden geworfen, und wenn man mich aus dem Weg räumt, so nur, um Euer Recht leichter mit Füßen zu treten.»

«Selbst wenn der liebe Gott es zulassen sollte», sagte Madeleine, «muß man die Kraft finden, das zu ertragen, was man nicht ändern kann. Man darf sein Mißgeschick vor allem nicht dadurch verschlimmern, daß man dagegen aufbegehrt. Denke dir, daß ich sehr unglücklich bin, und frage dich, wieviel unglücklicher ich werde, wenn ich erfahre, daß du krank bist, des Lebens überdrüssig und gewillt, untröstlich zu bleiben. Dagegen wird es mir in meinem Leid ein wenig Erleichterung verschaffen, wenn ich weiß, daß du dich gut beträgst und aus Liebe zu mir weder den Mut noch die Gesundheit verlierst.»

Mit diesem letzten, einleuchtenden Grund hatte Madeleine gewonnen. Das Findelkind ließ sich nun überzeugen und versprach ihr auf den Knien, wie man in der Beichte verspricht, alles zu tun, was in seiner Macht lag, um seinen Schmerz tapfer zu ertragen.

«Also gut», sagte François und wischte sich die feuchten Augen, «ich werde in aller Frühe aufbrechen, und ich sage Euch hier Lebewohl, meine Mutter Madeleine! Vielleicht ein endgültiges Lebewohl, denn Ihr verratet mir nicht, ob ich Euch jemals wiedersehen und mit Euch reden darf. Wenn Ihr glaubt, daß mir dieses Glück nicht widerfahren wird, sagt es mir nicht, denn dann hätte ich nicht mehr den Mut, weiterzuleben. Laßt mir die Hoffnung, Euch eines Tages hier an diesem lauteren Brunnen wiederzusehen, wo ich Euch vor bald elf Jahren zum erstenmal begegnet bin. Seit damals und bis auf den heutigen Tag habe ich nur Freude erlebt: Und das Glück, das mir von Gott und von Euch geschenkt wurde, darf ich nicht in Vergessenheit geraten lassen, ich muß es vielmehr als Erinnerung bewahren, um mir zu helfen, von morgen an die Zeit und das Schicksal so zu nehmen, wie sie kommen. Ich gehe mit einem von tausend Ängsten umklammerten und durchkälteten Herzen fort – wenn ich bedenke, daß ich Euch nicht glücklich zurücklasse und daß ich Euch Eures besten Freundes beraube, indem ich mich von Eurer Seite entferne; aber Ihr habt mir gesagt, daß Ihr noch untröstlicher seid, wenn ich nicht versuche, mich zu trösten. Ich will also versuchen, mich im Gedanken an Euch zu trösten, so gut ich es vermag, und mir ist viel zu sehr an Eurer Zuneigung gelegen, als daß ich sie verlieren wollte, indem ich feige werde. Lebt wohl, Madame Blanchet, laßt mich noch ein Weilchen hier allein; ich werde mich wohler fühlen, wenn ich mich ausgeweint habe. Wenn einige meiner Tränen in diesen Brunnen fallen, werdet Ihr an mich denken, sooft Ihr zum Waschen hierherkommt. Ich will auch ein paar Zweiglein Minze pflücken, damit meine Wäsche gut riecht, denn nachher werde ich mein Bündel schnüren; und solange ich diesen Duft wahrnehme, werde ich mir einbilden, hier zu sein und Euch zu sehen. Lebt wohl, lebt wohl, meine liebe Mutter, ich will nicht ins Haus zurückkehren. Ich könnte wohl meinen Jeannie zum Abschied küssen, ohne ihn zu wecken, aber ich habe nicht den Mut dazu. Umarmt ihn für mich, ich bitte Euch darum, und damit er mir nicht nachweint, sagt Ihr ihm morgen, daß ich bald wiederkomme. So wird er mich ein wenig vergessen, während er auf mich wartet; und im Verlauf der Zeit erzählt Ihr ihm von seinem armen François, damit er mich nicht völlig vergißt. Gebt mir Euren Segen, Madeleine, wie Ihr ihn mir am Tag meiner Erstkommunion gegeben habt. Ich habe ihn nötig, um Gottes Gnade zu empfangen.»

Und das arme Findelkind kniete nieder und sagte Madeleine, wenn es sich je ungewollt gegen sie vergangen habe, möge sie ihm verzeihen.

Die Frau schwor, sie habe ihm nichts zu verzeihen, und erteilte ihm ihren Segen, von dem sie eine ebenso günstige Wirkung erhoffte, als wäre es Gottes Segen.

«Wohlan!» sagte François, «da ich nun wieder zum Findelkind werde und mich niemand mehr liebhaben wird, wollt Ihr mir nicht einen Kuß geben, wie Ihr mir die Gunst erwiesen habt, mich am Tag meiner Erstkommunion zu küssen? Ich werde es sehr nötig haben, mir das zu vergegenwärtigen, um ganz sicher zu sein, daß Ihr mir in Eurem Herzen weiterhin eine Mutter seid.»

Madeleine küßte das Findelkind mit der gleichen Züchtigkeit wie vor Jahren, als er ein kleines Kind war. Aber wenn die Leute es mitangesehen hätten, dann hätten sie Monsieur Blanchet in seinem Zorn recht gegeben, und man hätte an dieser sittenstrengen Frau Tadel geübt, die an nichts Böses dachte und der die Jungfrau Maria ihre Handlung nicht zur Sünde anrechnete.

«Ich auch nicht», fiel die Magd des Pfarrers ein.

«Und ich noch weniger», versetzte der Hanfbrecher. Dann fuhr er fort:

Madeleine kehrte ins Haus zurück, wo sie die ganze Nacht kein Auge schloß. Sie hörte genau, wie François nebenan in sein Zimmer kam, um sein Bündel zu schnüren, und sie hörte ihn desgleichen im ersten Morgengrauen fortgehen. Sie rührte sich nicht, bis er ein Stück weit entfernt war, um seinen Mut nicht in Schwäche zu verkehren, und als sie ihn über die kleine Brücke gehen hörte, öffnete sie behutsam ihre Tür einen Spalt weit, um ihn aus der Ferne noch einmal zu erblicken. Sie sah, wie er stehenblieb und den Fluß und die Mühle anschaute, als wollte er ihnen Lebewohl sagen. Und dann ging er sehr rasch fort, nachdem er ein Pappelzweiglein abgebrochen und an seinen Hut gesteckt hatte, wie dies üblich ist, wenn man sich verdingen will, um zu zeigen, daß man eine Stelle sucht.

Meister Blanchet erschien gegen Mittag und tat den Mund nicht auf, bis seine Frau ihm sagte: «Wohlan, Ihr müßt zum Verdingplatz, um einen anderen Müllergesellen zu finden, denn François ist fort, und jetzt habt Ihr keinen Knecht mehr.»

«Es reicht, Frau», antwortete ihr Blanchet; «ich werde hingehen, aber ich mache Euch darauf aufmerksam, daß Ihr nicht mit einem jungen Burschen rechnen dürft.»

Das war der ganze Dank, den er ihr für ihren Gehorsam wußte, und es verletzte sie so tief, daß sie nicht anders konnte, als es zu zeigen.

«Cadet Blanchet», sagte sie, «ich habe Euren Willen getan: Ich habe einen guten Jungen grundlos weggeschickt, grundlos und ungern, das verheimliche ich Euch nicht. Ich verlange von Euch keine Dankbarkeit dafür; aber ich habe Euch nun meinerseits etwas zu befehlen, und zwar, daß Ihr mir keinen Schimpf antut, denn ich habe wahrhaftig keinen verdient.»

Sie sagte das auf eine Art, die Blanchet nicht an ihr kannte und die ihn beeindruckte.

«Komm, Frau», sprach er und streckte ihr die Hand hin, «wir wollen Frieden machen in dieser Angelegenheit und nicht mehr daran denken. Vielleicht war ich ein bißchen überstürzt in meinen Worten; aber seht, ich hatte meine Gründe, diesem Champi nicht zu trauen. Diese Kinder werden vom Teufel in die Welt gesetzt, und er ist immer hinter ihnen her. Wenn sie in einer Beziehung gute Kerle sind, dann sind sie in anderer Hinsicht Lumpenpack. Ich weiß also genau, daß es schwierig sein wird, einen Knecht zu finden, der so hart arbeitet wie dieser; aber der Teufel, der sein Vater ist, hatte ihm die Liederlichkeit ins Ohr geflüstert, und ich kenne eine Frau, die darunter zu leiden hatte.»

«Diese Frau ist nicht Eure Frau», versetzte Madeleine, «und es ist möglich, daß sie lügt. Selbst wenn sie die Wahrheit sagte, wäre dies kein Grund, mich zu verdächtigen.»

«Verdächtige ich dich etwa?» meinte Blanchet achselzuckend. «Ich hatte nur etwas gegen ihn, und da er jetzt fort ist, denke ich nicht mehr daran. Wenn ich dir etwas gesagt habe, das deinen Unwillen erregt hat, dann nimm es doch einfach als Spaß.»

«Solche Späße sind gar nicht nach meinem Geschmack», erwiderte Madeleine. «Behaltet sie für die Frauen, denen sie gefallen.»

XI

Während der ersten Tage ertrug Madeleine ihr Herzeleid noch verhältnismäßig gut. Sie erfuhr von ihrem neuen Knecht, der François auf dem Verdingplatz begegnet war, daß der Champi sich mit einem Landwirt aus der Nähe von Aigurande, der eine große Mühle und einiges Land besaß, auf achtzehn Pistolen im Jahr geeinigt hatte. Sie war froh, ihn gut untergebracht zu wissen, und sie gab sich alle Mühe, ohne zu tiefes Bedauern wieder ihren gewohnten Tätigkeiten nachzugehen. Aber gegen ihren Willen war die Traurigkeit so groß, daß sie deswegen lange Zeit an einem leichten Fieber erkrankte, das sie ganz sachte verzehrte, ohne daß irgend jemand darauf achtete. François hatte recht gehabt, als er sagte, daß er sie im Fortgehen ihres besten Freundes beraubte. Die Langeweile überfiel sie, als sie sich so allein fand und mit niemandem plaudern konnte. Um so mehr verhätschelte sie ihren Sohn Jeannie, der wirklich ein lieber Junge war und sowenig Bosheit besaß wie ein Lamm.

Aber abgesehen davon, daß er zu jung war, um zu verstehen, was sie François hätte sagen können, zeigte er sich ihr gegenüber auch weniger fürsorglich und aufmerksam, als es das Findelkind im gleichen Alter gewesen. Jeannie liebte seine Mutter sehr, sogar mehr als die meisten Kinder die ihre zu lieben pflegen, weil sie eine Mutter war, wie man ihr nicht alle Tage begegnet. Aber sie erfüllte ihn nicht mit der gleichen Verwunderung und Rührung wie François. Er fand es ganz natürlich, so ge-

103

treulich geliebt und geherzt zu werden. Er war der Nutznießer, als wäre sie sein Eigentum, und rechnete damit, als wäre sie es ihm schuldig. Das Findelkind hingegen war für den geringsten Beweis der Zuneigung dankbar und zeigte eine so große Erkenntlichkeit in seinem Betragen und seiner Art zu sprechen, zu schauen, zu erröten und zu weinen, daß Madeleine in seiner Gegenwart vergaß, daß sie in ihrer Ehe weder Ruhe noch Liebe noch Trost gekannt hatte.

Sie besann sich wieder auf ihr Unglück, als sie von neuem ihrer Einsamkeit anheimfiel, und grübelte lange über alle Kümmernisse, die dank dieser Zuneigung und dieser Gesellschaft in der Schwebe geblieben waren. Sie hatte keinen Menschen mehr, der mit ihr las, mit ihr am Elend der Welt teilnahm, mit derselben Innigkeit betete und bisweilen sogar in allen Ehren mit redlichen Worten und guter Laune Spaß hatte. Alles, was sie sah, alles, was sie unternahm, kam ihr jetzt fade vor und erinnerte sie an die Zeit, zu der sie diesen guten, so ruhigen und so freundschaftlichen Gefährten besessen hatte. Wenn sie in ihren Weinberg ging oder in ihren Obstgarten oder in die Mühle, gab es keinen auch noch so kleinen Winkel, wo sie nicht zehntausendmal mit diesem an ihre Rockschöße geklammerten Kind oder mit diesem arbeitsfreudigen und beflissenen Knecht an ihrer Seite vorbeigekommen war. Sie fühlte sich, als hätte sie einen sehr wertvollen und zu großen Hoffnungen berechtigenden Sohn verloren, und so lieb sie den anderen hatte, der ihr blieb, wußte sie nicht mehr, was sie mit der Hälfte ihrer Zuneigung anfangen sollte.

Ihr Mann, der sah, wie sie dahinsiechte, und dem ihre traurige und von Langeweile geplagte Miene jetzt Mitleid einflößte, fürchtete, sie könnte ernstlich erkranken, und er hatte gar keine Lust, sie zu verlieren, denn sie hielt seinen Besitz in guter Ordnung und sparte ihrerseits, was er seinerseits verzehrte. Da die Sévère nicht duldete, daß er in seiner Mühle wohnte, wurde ihm deutlich bewußt, daß es ihm mit diesem Teil seiner Habe sehr schlecht zu ergehen drohte, wenn Madeleine ihn nicht mehr verwaltete, und obwohl er nicht aufhörte, sie wie gewohnt auszuschelten und ihr Vorhaltungen zu machen, weil sie sich angeblich nicht sorgfältig genug um alles kümmerte, wäre es ihm niemals eingefallen, von einer anderen etwas Besseres zu erhoffen.

Er sann deshalb hin und her, um ihr eine Gesellschafterin zu finden, die sie pflegen und ihr die Zeit vertreiben konnte, und so traf es sich gut, daß er nach dem Tode seines Onkels, des Vormunds seiner jüngsten Schwester, nunmehr die Verantwortung für das junge Mädchen übernehmen mußte. Er hatte zunächst beabsichtigt, sie bei der Sévère unterzubringen, aber seine übrigen Verwandten sagten, das gereiche ihm zur Schande; und als die Sévère zudem feststellte, daß dieses junge Mädchen beinahe fünfzehn Jahre alt war und so hübsch zu werden versprach wie der heitere Tag, verging ihr die Lust, in ihrem Hause den Vorteil dieser Vormundschaft zu genießen, und sie erklärte Blanchet, es scheine ihr zu riskant, ein so junges Ding zu hüten und zu beaufsichtigen.

Deshalb beschloß Blanchet, der es vorteilhaft fand, der Vormund seiner Schwester zu sein – hatte doch der Onkel, der sie erzogen hatte, ihrer in seinem Testament besonders gedacht –, und der ihren Unterhalt keinem der anderen Verwandten anvertrauen mochte, sie in seine Mühle zu bringen; und er schärfte seiner Frau ein, sie als Schwester und Gefährtin aufzunehmen, ihr das Arbeiten beizubringen, sich von ihr in der Pflege des Haushalts helfen zu lassen und ihr dabei die Arbeit doch leicht genug zu machen, damit sie nicht etwa die Lust ankam, anderswo zu leben.

Madeleine war gern mit diesen familiären Maßnahmen einverstanden. Mariette Blanchet gefiel ihr auf den ersten Blick gerade wegen des Vorzugs ihrer Schönheit, die der Sévère mißfallen hatte. Sie war überzeugt, daß ein guter Geist und ein gutes Herz stets im Verein mit einem schönen Gesicht anzutreffen sind, und sie nahm das junge Mädchen nicht so sehr wie eine Schwester auf als wie eine Tochter, die ihr vielleicht ihren armen François ersetzen mochte.

Unterdessen schickte der arme François sich so geduldig, wie er konnte, in sein Los, das heißt, nicht eben gut, denn nie wurde einem Mann oder einem Kind ein solches Leid auferlegt. Zunächst einmal machte er deswegen eine Krankheit durch, und das war vielleicht ein Glück für ihn, denn bei dieser Gelegenheit erfuhr er die Gutherzigkeit seiner Herrschaft, die ihn nicht ins Krankenhaus bringen ließ, sondern bei sich behielt und gut pflegte. Dieser Müller war ganz anders als Cadet Blanchet, und seine ungefähr dreißigjährige, noch unverehelichte Tochter stand wegen ihrer Mildtätigkeit und ihres untadeligen Lebenswandels in hohem Ansehen.

Diese Leute waren sich übrigens bald klar darüber, daß sie mit François ungeachtet seiner Erkrankung einen guten Fang gemacht hatten.

Er war so kräftig und besaß eine so gute Konstitution, daß er die Krankheit schneller überwand als ein anderer und sogar zu arbeiten begann, noch ehe er völlig genesen war, ohne deswegen einen Rückfall zu erleiden. Sein Gewissen trieb ihn, die verlorene Zeit einzuholen und seine Herrschaft für ihre Güte zu belohnen. Indessen spürte er die Nachwirkungen seiner Krankheit noch zwei Monate lang, und wenn er morgens zu arbeiten begann, war sein ganzer Körper wie betäubt, als wäre er vom Dachfirst eines Hauses gefallen. Aber allmählich erwärmte er sich wieder, und er achtete darauf, sich nicht anmerken zu lassen, wie schwer ihm der Arbeitsbeginn fiel. Bald war man so zufrieden mit ihm, daß man ihm die Betreuung zahlreicher Dinge anvertraute, die über seinen Aufgabenkreis hinausgingen. Man war von Herzen froh, daß er lesen und schreiben konnte, und beauftragte ihn mit der Buchführung, was bisher noch nie möglich gewesen war, so daß es in den Geschäften der Mühle häufig Verwirrung gegeben hatte. Kurzum, es erging ihm in seinem Unglück, so gut es ihm nur ergehen konnte; und da er sich vorsichtshalber nicht als Findelkind vorgestellt hatte, warf ihm niemand seine Herkunft vor.

Aber weder die anständige Behandlung noch die Beschäftigung noch die Krankheit vermochten, ihn Madeleine vergessen zu lassen und die geliebte Mühle von Cormouer und seinen kleinen Jeannie und den Friedhof, wo die Zabelle ruhte. Sein Herz weilte immer in der Ferne, und er verbrachte seine ganzen Sonntage damit, an sie zu denken, so daß er sich kaum von den Anstrengungen der Woche erholte. Er war so weit fort von seinem Zuhause, das über sechs landesübliche Meilen entfernt lag, daß er nie Nachrichten erhielt. Er vermeinte zuerst, sich daran gewöhnen zu können, aber die Unruhe verzehrte ihn, und er sann auf Mittel, um wenigstens zweimal im Jahr zu erfahren, wie es Madeleine ging: Er begab sich auf die Jahrmärkte, schaute sich suchend nach irgendeinem Bekannten aus seinem früheren Wohnort um, und sobald er einen gefunden hatte, erkundigte er sich nach allen, die er dort gekannt hatte, wobei er vorsichtshalber mit den Leuten anfing, die ihm am gleichgültigsten waren, um schließlich zu Madeleine zu gelangen, die ihn am meisten interessierte, und auf diese Weise erfuhr er allerlei über sie und ihre Angehörigen.

«... Aber es wird spät, liebe Freunde, und ich schlafe über meiner Geschichte ein. Bis morgen; wenn ihr wollt, erzähle ich euch dann den Schluß. Gute Nacht, alle miteinander.»

Der Hanfbrecher ging schlafen, und der Pächter zündete die Laterne an und begleitete Mutter Monique ins Pfarrhaus zurück, denn sie war eine betagte Frau, die nicht mehr gut genug sah, um ihren Weg zu finden.

XII

Am folgenden Tag fanden wir uns alle wieder auf dem Hof ein, und der Hanfbrecher setzte seinen Bericht fort:

François lebte seit etwa drei Jahren in der Gegend von Aigurande, in der Nähe von Villechiron, in einer schönen Mühle, die Haut-Champault oder Bas-Champault oder Frechampault heißt, denn es gibt dortzulande wie bei uns viele Champault. Ich war zweimal in jener Gegend, und es ist ein schönes und fruchtbares Land. Die Leute, die dort leben, sind reicher, besser untergebracht, besser gekleidet; man treibt dort mehr Handel, und obschon der Boden magerer ist, gibt er einen besseren Ertrag. Dabei ist es ein unebenes, holperiges Land. Das Gestein tritt darin zutage, und die Flüsse richten Verheerungen an. Die Bäume sind dort von wunderbarer Schönheit, und die beiden Arme der Creuse fließen mit ihren zahlreichen Verästelungen so klar wie Quellwasser.

Die Mühlen sind dort bedeutender als bei uns, und die Mühle, wo François lebte, gehörte zu den größten und besten. An einem Wintertag sagte sein Meister, der Jean Vertaud hieß, zu ihm: «François, mein Diener und mein Freund, ich habe dir eine kleine Rede zu halten und bitte dich, mir deine Aufmerksamkeit zu schenken.

Wir kennen uns nun schon eine gute Weile, du und ich, und wenn meine Geschäfte immer besser gehen, wenn meine Mühle gedeiht, wenn ich allen

109

anderen Müllern vorgezogen werde und wenn ich schließlich mein Gut habe vermehren können, so habe ich das dir zu verdanken, das verhehle ich mir nicht. Du hast mir nicht wie ein Knecht gedient, sondern wie ein Freund und Anverwandter. Du hast dich für meine Interessen eingesetzt, als wären es deine eigenen. Du hast mein Gut verwaltet, wie ich selbst es nie fertiggebracht hätte, und du hast in allen Dingen bewiesen, daß du mehr Kenntnis und Verstand besitzt als ich. Der liebe Gott hat mir kein argwöhnisches Wesen gegeben, und ich wäre allezeit betrogen worden, wenn du nicht auf alle Menschen und auf alle Dinge rings um mich aufgepaßt hättest. Die Leute, die meine Güte mißbrauchten, haben ein bißchen aufbegehrt, und du warst mutig bereit, alles auf deine Kappe zu nehmen, was dich mehr als einmal in Gefahr gebracht hat, die du aber stets mit Entschlossenheit und Sanftmut überwunden hast. Denn das eben gefällt mir an dir, daß dein Herz ebenso tüchtig ist wie dein Kopf und deine Hand. Du liebst die Ordnung, aber nicht den Geiz. Du läßt dich nicht prellen wie ich, und doch liebst du es wie ich, deinem Nächsten zu helfen. Bei den Leuten, denen es wirklich schlecht ging, hast du mir als erster empfohlen, großmütig zu sein. Bei denen, die nur dergleichen taten, hast du mich ohne Zögern daran gehindert, mich übertölpeln zu lassen. Und dann bist du für einen Landmann recht gebildet. Du hast deine Ansichten und dein vernünftiges Urteil. Du hast gute Einfälle, deren Verwirklichung dir immer glückt, und alles, was du anfaßt, kommt zu einem guten Ende.

Kurzum, ich bin zufrieden mit dir und möchte dich meinerseits gleichermaßen zufrieden sehen. Sag mir also ganz offen, ob du dir nicht irgend etwas von mir wünschst, denn ich kann dir nichts abschlagen.»

«Ich weiß nicht, warum Ihr mich so etwas fragt», erwiderte François. «Ihr müßt den Eindruck gehabt haben, ich sei mit Euch unzufrieden, mein Meister, und das ist nicht der Fall. Ich bitte Euch, mir das zu glauben.»

«Ich meine nicht eigentlich unzufrieden. Aber du siehst im allgemeinen nicht so aus wie ein glücklicher Mensch. In dir wohnt keine Fröhlichkeit, du lachst mit niemandem, du vergnügst dich nie. Du bist so brav, daß man immer den Eindruck hat, du seist in Trauer.»

«Tadelt Ihr mich deswegen, Meister? In dieser Beziehung kann ich Euch nicht zufriedenstellen, denn ich liebe weder die Flasche noch den Tanz; ich besuche keine Schenken und keine Gesellschaften; ich verstehe mich weder auf Lieder noch auf alberne Geschichten, um die Leute zum Lachen zu bringen. Mir gefällt nichts, was mich von meiner Pflicht ablenkt.»

«Dafür verdienst du alle Achtung, mein Junge, und gerade ich werde dich deswegen bestimmt nicht tadeln. Wenn ich dir das sage, so nur, weil ich irgendwie das Gefühl habe, daß dich etwas bedrückt. Vielleicht findest du, daß du dich hier redlich für die anderen abmühst und daß du selbst nie etwas davon haben wirst.»

«Ihr irrt Euch, wenn Ihr das glaubt, Meister Vertaud. Mein Entgelt ist so gut, wie ich mir nur wünschen kann, und ich hätte vielleicht an keinem anderen Ort den hohen Lohn erhalten, den Ihr mir aus freien Stücken und ohne irgendein Drängen meinerseits gewährt habt. So habt Ihr jedes Jahr mein Gehalt erhöht und es mir am vergangenen

Johannistag auf hundert Taler festgesetzt, was ein
für Euch recht kostspieliger Preis ist. Wenn es Euch
irgendwann in Verlegenheit bringen sollte, bin ich
gerne bereit, darauf zu verzichten, das dürft Ihr mir
glauben.»

XIII

«Nicht doch, nicht doch, François, wir haben uns nicht richtig verstanden», sagte Meister Jean Vertaud, «und ich weiß nicht, wie ich dir beikommen soll. Dabei bist du doch keineswegs dumm, und ich hatte das Gefühl, dir die Worte ziemlich mundgerecht gemacht zu haben; aber da du zu schüchtern bist, will ich versuchen, dir weiterzuhelfen. Fühlst du dich zu keinem Mädchen unserer Gegend hingezogen?»

«Nein, Meister», antwortete das Findelkind offen und ehrlich.

«Wirklich?»

«Auf Ehrenwort.»

«Und du kennst keine, die dir gefiele, wenn dein Vermögen dir erlaubte, um sie anzuhalten?»

«Ich will nicht heiraten.»

«Das ist mir eine Idee! Du bist zu jung, um dich dafür zu verbürgen. Aber warum?»

«Warum!» sagte François. «Wollt Ihr das wirklich wissen, Meister?»

«Warum nicht, wenn ich doch an deinem Ergehen Anteil nehme.»

«So will ich es Euch sagen; ich habe keinen Grund, es zu verheimlichen. Ich habe nie weder Vater noch Mutter gekannt... Und seht, da ist etwas, das ich Euch nie gesagt habe; ich sah mich nicht dazu gezwungen; aber wenn Ihr mich ausgefragt hättet, dann hätte ich Euch keine Lüge aufgetischt. Ich bin ein Champi, ich komme aus dem Findelhaus.»

113

«Ei der Tausend!» rief Jean Vertaud, von diesem Geständnis ein wenig aus der Fassung gebracht. «Das hätte ich nie gedacht.»

«Warum hättet Ihr das nie gedacht?... Ihr antwortet nicht, Meister? Nun gut, dann will ich an Eurer Statt antworten. Ganz einfach, weil Ihr findet, daß ich ein guter Junge bin, und es Euch gewundert hätte, daß dies bei einem Findelkind möglich wäre. So ist es denn wahr, daß die Findelkinder den Leuten kein Vertrauen einflößen und daß man etwas gegen sie hat? Das ist nicht gerecht, und es ist nicht menschlich; aber da es nun einmal so ist, muß man sich wohl oder übel damit abfinden, da selbst die besten Herzen nicht frei davon sind, und sogar Ihr...»

«Nein, nein», sagte der Meister rasch besonnen, denn er war ein gerechter Mann und durchaus gewillt, einen schlechten Gedanken sofort zu bannen; «ich will der Gerechtigkeit nicht zuwider sein, und wenn ich diesbezüglich einen Augenblick unachtsam war, darfst du mir verzeihen, denn es ist schon vorbei. Du meinst also, du könntest nicht heiraten, weil du ein Findelkind bist?»

«Das ist es nicht, Meister, und dieser Hinderungsgrund kümmert mich nicht. Die Frauen haben alle möglichen Vorstellungen, und einige haben ein so gutes Herz, daß es für sie ein zusätzlicher Grund wäre.»

«Tatsächlich, du hast recht!» sagte Jean Vertaud. «Die Frauen sind gleichwohl besser als wir!... Und dann», fügte er lachend hinzu, «kann ein schöner Bursche wie du, der vor Jugend strotzt und weder geistig noch körperlich lahm ist, sehr wohl das Vergnügen wachrufen, sich barmherzig zu zeigen. Aber hören wir deinen Grund.»

«Seht», sagte François, «ich bin von einer Frau, die ich nicht gekannt habe, aus dem Findelhaus geholt und ernährt worden. Nach ihrem Tod hat eine andere mich für das geringe Unterstützungsgeld aufgenommen, das die Regierung für Kinder meiner Art aussetzt; aber sie war gut zu mir, und als ich das Unglück hatte, sie zu verlieren, wäre ich untröstlich geblieben, wenn mir nicht eine andere Frau beigestanden wäre, die von den dreien die beste war und der ich eine so innige Zuneigung bewahre, daß ich für keine andere als sie leben will. Und doch habe ich sie verlassen, und vielleicht werde ich sie nie wiedersehen, denn sie ist begütert und wird mich vielleicht niemals nötig haben. Aber es kann auch sein, daß ihr Mann, der anscheinend seit dem Herbst krank ist und sehr viel Geld für Ausgaben hat draufgehen lassen, die nicht bekannt sind, demnächst stirbt und ihr mehr Schulden hinterläßt als Guthaben. Wenn das geschehen sollte, verhehle ich Euch nicht, Meister, daß ich in das Dorf zurückkehren würde, wo sie lebt, und daß es für mich kein anderes Anliegen und keinen anderen Willen gäbe, als ihr beizustehen, ihr und ihrem Sohn, und mit meiner Arbeit zu verhindern, daß sie ins Elend geraten. Aus diesem Grunde will ich keine Bindung eingehen, die mich anderswo festhält. Ich bin bei Euch im Jahresvertrag, aber in der Ehe wäre ich für mein Leben gebunden. Und zudem wären es zu viele Pflichten aufs Mal für mich. Wenn ich Frau und Kind hätte, wäre es nicht sicher, daß ich genug verdienen könnte, um zwei Familien zu unterhalten; und es ist ebensowenig sicher, daß ich das gute Recht auf meiner Seite hätte, wenn ich wider alle Erwartung eine etwas begüterte Frau fände und meinem Hause die Wohlhabenheit entzöge, um sie in ein anderes zu tragen. So habe ich denn die Absicht, Junggeselle zu bleiben. Ich bin jung, und noch wird die Zeit mir nicht lang; aber wenn ich je eine Liebelei im Kopf haben sollte, würde ich alles tun, um mich davon zu kurieren, denn für mich, Ihr versteht, für mich gibt es nur eine einzige Frau, nämlich meine Mutter Madeleine, der es ganz gleich war, daß ich ein Findelkind bin, und die mich aufgezogen hat, als wäre sie meine leibliche Mutter.»

«Wohlan! Was du mir da erzählst, flößt mir noch mehr Achtung vor dir ein, mein Freund», erwiderte Jean Vertaud. «Es gibt nichts Häßlicheres als den Undank und nichts Schöneres als die Erkenntlichkeit für empfangene Gefälligkeiten. Ich könnte dir wohl gute Gründe anführen, um dir klarzumachen, daß du durchaus eine junge Frau heiraten könntest, die gleich denkt wie du und die dir helfen würde, der Alten Beistand zu gewähren; aber was eben diese Gründe angeht, muß ich mit mir zu Rate gehen, und ich will mich deswegen mit jemandem besprechen.»

Es bedurfte keines großen Scharfsinns, um zu erraten, daß Jean Vertaud mit seinem gutherzigen Wesen und auch mit seinem gesunden Menschenverstand daran gedacht hatte, seine Tochter mit François zu verheiraten. Seine Tochter war keineswegs häßlich, und wenn sie ein wenig älter war als François, so besaß sie genügend Taler, um den Unterschied auszugleichen. Sie war sein einziges Kind und eine ausgezeichnete Partie. Aber bis dahin hatte sie immer im Sinn gehabt, nicht zu heiraten, und das ging ihrem Vater sehr gegen den Strich. Doch da er seit einem Weilchen bemerkte, daß sie große Stücke auf François hielt, hatte er seinetwegen mit ihr gesprochen; und da sie ein sehr in sich gekehrtes Mädchen war, hatte es ihn einige Mühe gekostet, ein Bekenntnis von ihr zu erlangen. Aber schließlich hatte sie, ohne ja oder nein zu sagen, ihrem Vater gestattet, François über das Kapitel der Ehe auszuforschen, und um einiges beklommener, als sie zugeben mochte, wartete sie darauf, seine Einstellung zu erfahren.

Jean Vertaud hätte ihr gerne erfreulicheren Bescheid gebracht, zunächst einmal, weil er sie gern unter der Haube gesehen hätte, und dann, weil er sich keinen besseren Schwiegersohn wünschen konnte als François. Abgesehen von der Freundschaft, die er für ihn empfand, war ihm deutlich bewußt, daß dieser Junge, so arm er auch zu ihm gekommen war, wegen seiner Verständigkeit, seiner flinken Arbeitsweise und seines guten Lebenswandels für eine Familie Gold wert war.

Die Tochter fand es wohl ein bißchen bedauerlich, daß er ein Findelkind war. Sie war zwar nicht ganz frei von Stolz, aber sie faßte bald ihren Entschluß, und ihr Wunsch erwachte um so lebhafter, als sie erfuhr, daß François in Dingen der Liebe widerspenstig war. Die Frauen lassen sich durch den Widerspruch reizen, und wenn François irgend etwas hätte anzetteln wollen, um den dunklen Fleck seiner Geburt vergessen zu lassen, hätte er keine bessere List erfinden können als seine offenkundige Abneigung gegen den Ehestand.

So kam es, daß Jean Vertauds Tochter sich von Stund an für François entschied, wie sie nie zuvor entschieden gewesen war.

«Wenn's weiter nichts ist», sagte sie zu ihrem Vater. «Er meint also, wir hätten nicht genug Herz und Vermögen, um einer alten Frau beizustehen

117

und ihren Sohn unterzubringen? Dann hat er ganz bestimmt nicht verstanden, was Ihr ihm zu verstehen geben wolltet, lieber Vater, denn wenn er gewußt hätte, daß es sich darum handelte, ein Mitglied unserer Familie zu werden, hätte er sich deswegen keine Sorgen gemacht.»

Und als sie am Abend nach dem Essen in der Stube beisammen saßen, sagte Jeannette Vertaud zu François: «Ich hielt schon große Stücke auf Euch, François; aber jetzt erst recht, nachdem mein Vater mir von Eurer Zuneigung zu einer Frau erzählt hat, die Euch aufgezogen und für die Ihr Euer Leben lang arbeiten wollt. Es ist schön von Euch, so zu empfinden... Ich möchte diese Frau gern kennenlernen, um ihr bei Gelegenheit einen Dienst erweisen zu können, da sie Euch noch jetzt so viel bedeutet: Sie muß eine rechtschaffene Frau sein.»

«Oh!» sagte François, dem es Freude bereitete, von Madeleine zu sprechen, «gewiß, sie ist eine rechtdenkende Frau, eine Frau, die gleich denkt wie alle hier.»

Diese Worte erfreuten Jean Vertauds Tochter, und ihrer Sache gewiß, fuhr sie fort: «Wenn sie ins Unglück geraten sollte, wie Ihr zu befürchten scheint, möchte ich sie gern zu uns nehmen. Ich würde Euch helfen, für sie zu sorgen, denn sie ist sicher nicht mehr jung, nicht wahr? Ist sie nicht gebrechlich?»

«Gebrechlich? Nein», sagte ihr François, «sie ist nicht alt genug, um gebrechlich zu sein.»

«Dann ist sie also noch jung?» fragte Jeannette Vertaud und begann die Ohren zu spitzen.

«Oh! Nein, jung ist sie wohl kaum», antwortete François ganz schlicht. «Ich erinnere mich nicht, wie alt sie jetzt sein mag. Für mich war sie wie

118

meine Mutter, und ihre Jahre kümmerten mich nicht.»

«Sah sie gut aus, diese Frau?» wollte Jeannette wissen, nachdem sie einen Augenblick gezögert hatte, ehe sie diese Frage stellte.

«Gut?» sagte François ein wenig erstaunt. «Ihr wollt wissen, ob sie eine hübsche Frau war? Mir ist sie lange hübsch genug, wie sie ist; aber ich muß Euch gestehen, daß ich nie darüber nachgedacht habe. Was kann das schon an meiner Zuneigung ändern? Und wenn sie häßlich wäre wie der Teufel, hätte ich nie darauf geachtet.»

«Aber schließlich könnt Ihr doch sicher ungefähr ihr Alter angeben?»

«Wartet! Ihr Junge war fünf Jahre jünger als ich. Nun gut! Sie ist eine Frau, die nicht alt ist, aber auch nicht besonders jung, so ungefähr wie...»

«Wie ich?» sagte Jeannette und zwang sich zu einem kleinen Lachen. «Wenn sie Witwe werden sollte, wird es demnach für sie zu spät sein, um nochmals zu heiraten, nicht wahr?»

«Das kommt darauf an», antwortete François. «Wenn ihr Mann nicht alles durchbringt, was ihm noch bleibt, wird es ihr nicht an Freiern fehlen. Es gibt Leute, die um des lieben Geldes willen ebensogut ihre Großtante heiraten würden wie ihre Großnichte.»

«Und Ihr schätzt die Leute gering, die des Geldes wegen heiraten?»

«Jedenfalls würde es nicht meinen Auffassungen entsprechen», erwiderte François.

So einfältig das Herz des Champi war, so war doch sein Geist nicht einfältig genug, als daß ihm nicht zuletzt aufgegangen wäre, was man ihm da einzuflüstern suchte, und so sagte er denn seine letzten Worte nicht ohne Absicht. Aber Jeannette ließ es sich nicht gesagt sein, und sie verliebte sich noch ein bißchen mehr in ihn. Sie war sehr umworben worden, ohne je einem Freier Gehör zu schenken. Der erste, der ihr paßte, war ausgerechnet jener, der ihr den Rücken kehrte. So trefflich sind die Frauen beschaffen.

In den folgenden Tagen merkte François wohl, daß sie Kummer hatte, daß sie sozusagen nichts aß und daß ihre Augen sich auf ihn hefteten, sobald er sie nicht zu sehen schien. Diese Laune bedrückte ihn. Er achtete dieses gute Mädchen und war sich klar, daß er sie noch verliebter machte, wenn er den Gleichgültigen spielte. Aber er fühlte sich nicht zu ihr hingezogen, und wenn er sie genommen hätte, wäre es eher aus Vernunft und Pflichtgefühl gewesen als aus Liebe.

Das brachte ihn auf den Gedanken, daß seine Tage bei Jean Vertaud vielleicht gezählt waren, denn ein bißchen früher oder ein bißchen später mußte diese Geschichte zu irgendeinem Kummer oder zu irgendeiner Mißhelligkeit führen.

Aber zu dieser Zeit widerfuhr ihm etwas recht Merkwürdiges, das ums Haar alle seine Vorsätze umgeworfen hätte.

XIV

Eines Morgens kam der Pfarrer von Aigurande gleichsam auf einem Spaziergang zu Jean Vertauds Mühle und trieb sich ein Weilchen auf dem Anwesen herum, bis er François in einem Winkel des Gartens erwischte. Dort setzte er eine höchst geheimnisvolle Miene auf und fragte ihn, ob er auch wirklich der François sei, der La Fraise genannt wurde, das heißt die Erdbeere, wie man ihn auf dem Standesamt, wo er als Findelkind vorgestellt worden war, wegen eines erdbeerförmigen Flecks auf dem linken Arm im Register eingetragen hatte. Der Pfarrer fragte ihn auch so genau wie möglich nach seinem Alter, dem Namen der Frau, die für seinen Unterhalt gesorgt hatte, nach seinen verschiedenen Wohnorten und überhaupt nach allem, was er von seiner Herkunft und seinem Leben wissen konnte.

François holte seine Papiere, und der Pfarrer schien überaus zufrieden.

«Also gut!» sagte er. «Kommt morgen oder heute abend ins Pfarrhaus und hütet Euch davor, ruchbar werden zu lassen, was ich Euch mitzuteilen habe, denn es ist mir verboten, es unter die Leute zu bringen, und das ist für mich eine Gewissensfrage.»

Als François ins Pfarrhaus kam, schloß der Herr Pfarrer sorgfältig die Türen des Zimmers, holte aus seinem Schrank vier Blättchen feinen Papiers und sagte: «François la Fraise, hier sind viertausend Francs, die Eure Mutter Euch schickt. Es ist mir verboten, Euch ihren Namen zu nennen oder das

121

Land, wo sie wohnt, und sogar, ob sie zu dieser Stunde tot ist oder noch lebt. Ein frommes Schuldgefühl hat sie dazu getrieben, sich an Euch zu erinnern, und allem Anschein nach trug sie sich schon lange mit einer solchen Absicht, da es ihr gelungen ist, Euch ausfindig zu machen, obschon sie in der Fremde lebt. Sie hat erfahren, daß Ihr ein guter Mensch seid, und sie schenkt Euch das Nötige, um Euren Hausstand zu gründen, unter der Bedingung, daß Ihr sechs Monate lang niemandem etwas von diesem Geschenk sagt, außer höchstens der Frau, die Ihr vielleicht zu ehelichen gedenkt. Sie hat mich beauftragt, mit Euch über die Anlage oder Verwahrung zu beraten, und sie bittet mich, Euch nötigenfalls meinen Namen zu leihen, damit die Sache geheimbleibt. Ich werde in dieser Hinsicht tun, was Ihr wünscht; aber man hat mir eingeschärft, Euch das Geld nur gegen Euer Ehrenwort auszuhändigen, daß Ihr nichts sagen und nichts tun werdet, was das Geheimnis verraten könnte. Man weiß, daß auf Euer Wort Verlaß ist; wollt Ihr es mir geben?»

François leistete den Eid und ließ dem Pfarrer das Geld mit der Bitte, es so anzulegen, wie es ihn am besten dünkte; denn er wußte, daß er ein aufrechter Priester war, und es geht mit den Priestern wie mit den Frauen, die entweder lauter Güte oder lauter Bösartigkeit sind.

Das Findelkind kehrte mehr traurig als fröhlich nach Hause zurück. Es dachte an seine Mutter und hätte die viertausend Francs gerne hingegeben, um sie zu sehen und zu umarmen. Aber François sagte sich auch, daß sie vielleicht gerade jetzt gestorben war und daß ihr Geschenk eine jener Verfügungen war, die man auf dem Totenbett trifft: Und das eben stimmte ihn noch ernster, daß er keine Trauer tragen und keine Messen für sie lesen lassen durfte. Ob sie nun tot war oder lebte, er betete für sie zu Gott mit der Bitte, ihr zu vergeben, daß sie ihr Kind im Stich gelassen hatte, so wie ihr Kind es ihr von ganzem Herzen vergab und Gott zugleich auch bat, ihm seine eigenen Verfehlungen ebenfalls zu vergeben.

Er bemühte sich sehr, sich nichts anmerken zu lassen; aber mehr als vierzehn Tage lang blieb er während der Mahlzeiten gewissermaßen in seine Grübeleien vergraben, und die Vertauds verwunderten sich darüber.

«Dieser Junge sagt uns nicht alles, was er denkt», sprach der Müller. «Sicher hat sich die Liebe in seinem Kopf eingenistet.»

«Vielleicht gilt sie mir», dachte die Tochter, «und er ist zu zartfühlend, um sie zu gestehen. Er hat Angst, man könnte meinen, er sei eher in meinen Reichtum vernarrt als in meine Person, und er benimmt sich nur so, um zu verhindern, daß man seine Sorgen merkt.»

Und so setzte sie sich in den Kopf, ihn aus seiner scheuen Zurückhaltung hervorzulocken, und sie umkoste ihn so aufrichtig mit Worten und Blicken, daß er ein wenig aus all seinen Sorgen aufgerüttelt wurde.

In gewissen Augenblicken sagte er sich, daß er reich genug war, um Madeleine im Falle eines Unglücks beizustehen, und daß er durchaus ein Mädchen heiraten konnte, das kein Vermögen von ihm forderte. Es gab keine Frau, die ihm den Kopf verdrehte; aber er sah die guten Eigenschaften Jeannette Vertauds und fürchtete, herzlos zu erscheinen, wenn er ihren Absichten keine Folge leistete.

Manchmal betrübte ihn der Gram, und er hatte sozusagen Lust, sie deswegen zu trösten.

Aber da geschah es plötzlich, als er sich in Geschäften seines Meisters nach Crevant begeben mußte, daß er einen Straßenbaumeister traf, der in der Nähe von Presles wohnte und ihm berichtete, Cadet Blanchet sei gestorben und habe seine Angelegenheiten in einem solchen Durcheinander hinterlassen, daß niemand wußte, ob seine Witwe zuletzt gut oder schlecht stehen werde.

François hatte keinen Grund, Meister Blanchet zu lieben und ihm nachzutrauern. Aber er war so fromm und rechtschaffen, daß er bei der Nachricht von seinem Tode feuchte Augen bekam und es ihm so zumute wurde, als wäre er den Tränen nahe. Er dachte, daß Madeleine ihn in diesem Augenblick beweinte, ihm alles verzieh und sich an nichts mehr erinnerte außer daran, daß er der Vater ihres Kindes war. Und Madeleines Trauer klang in ihm nach und brachte ihn dazu, auch wegen des Schmerzes zu weinen, den sie empfinden mußte.

Er hatte Lust, sich wieder aufs Pferd zu schwingen und zu ihr zu eilen; aber er sagte sich, daß er seinen Meister erst um Erlaubnis bitten mußte.

XV

«Meister», sprach er zu Jean Vertaud, «ich muß
für eine Zeit fort von hier, ob kurz oder lang, das
vermöchte ich nicht mit Sicherheit zu sagen. Ich
habe an meinem ehemaligen Wohnort zu tun, und
ich bitte Euch sehr, mich in guter Freundschaft ziehen zu lassen; denn um Euch die Wahrheit zu gestehen, wenn Ihr mir diese Erlaubnis verweigert,
werde ich nicht in der Lage sein, Euren Wunsch zu
erfüllen, und werde auch wider Euren Willen fortgehen. Vergebt mir, daß ich die Dinge so sage, wie
sie sind. Wenn Ihr Euch erzürnt, betrübt mich das
zutiefst, und deshalb erbitte ich von Euch als einzigen Dank für die Dienste, die ich Euch habe leisten
können, mir die Sache nicht übelzunehmen und
mir die Verfehlung zu vergeben, deren ich mich
heute schuldig mache, indem ich Eure Arbeit verlasse. Es mag sein, daß ich am Ende der Woche
wiederkehre, wenn man meiner dort, wo ich hingehe, nicht bedarf. Aber es kann auch sein, daß ich
erst spät im Jahr wiederkomme oder gar nicht,
denn ich will Euch keine falschen Hoffnungen machen. Indessen werde ich alles tun, was in meiner
Macht steht, um bei Gelegenheit zu kommen und
Euch zu helfen, wenn Ihr irgend etwas nicht ohne
mich in Ordnung bringen könnt. Und ehe ich fort-
gehe, will ich Euch einen guten Arbeiter suchen,
der mich ersetzt, und ich bin sogar bereit, ihm den
Lohn zu überlassen, der mir seit Johanni zusteht,
wenn sich das für seine Entscheidung als aus-
schlaggebend erweisen sollte. So läßt sich alles re-

geln, ohne daß Euch ein Nachteil daraus erwächst, und nun gebt mir die Hand, um mir Glück zu bringen und mir den Abschied ein bißchen leichter zu machen.»

Jean Vertaud wußte genau, daß der Champi nicht oft seinen eigenen Willen hatte, aber daß weder Gott noch der Teufel ihn umstimmen konnte, wenn er einmal beschlossen hatte, was er wollte.

«Sei ganz ruhig, mein Junge», sagte er und reichte ihm die Hand; «es wäre gelogen, wenn ich behauptete, es mache mir nichts aus. Aber ich will lieber zu allem ‹ja› sagen als mit dir uneins werden.»

François verwandte den folgenden Tag darauf, einen Nachfolger für die Arbeit in der Mühle zu finden, und er fand einen sehr tüchtigen und redlichen Burschen, der eben aus dem Heeresdienst zurückkam und froh war, gut entlohnte Arbeit bei einem guten Meister zu finden, denn Jean Vertaud stand in diesem Ruf und hatte keinem Menschen je ein Unrecht zugefügt.

Ehe François am folgenden Morgen bei Tagesanbruch sich auf den Weg machte, wie dies seine Absicht war, wollte er noch Jeannette Vertaud zur Abendessenszeit Lebewohl sagen. Sie saß unter dem Scheunentor und sagte, sie habe Kopfschmerzen und wolle nichts essen. Er merkte, daß sie geweint hatte, und das verstörte sein Gemüt. Er wußte nicht, wie er es anfangen sollte, um ihr für ihr gutes Herz zu danken und ihr zu erklären, daß er dennoch fortgehen mußte. Er setzte sich neben sie auf einen Erlenstrunk, der sich dort befand, und gab sich alle Mühe, mit ihr zu reden. Aber er fand einfach keine Worte. Da nahm sie, die ihn genau sah, ohne ihn anzuschauen, ihr Taschentuch vor die

Augen. Er hob die Hand, als wollte er die ihre fassen und sie trösten, aber dann hinderte ihn der Gedanke, daß er ihr nicht in aller Aufrichtigkeit sagen konnte, was sie so sehr zu hören begehrte. Und als die arme Jeannette sah, daß er sich nicht regte, schämte sie sich ihres Kummers und erhob sich ganz sachte, ohne Groll zu offenbaren, und ging in die Scheuer, um sich nach Herzenslust auszuweinen.

Sie blieb eine Weile dort und dachte, er werde vielleicht doch noch kommen und sich dazu entschließen, ihr ein gutes Wort zu geben, aber er widerstand seinem Wunsch und ging recht traurig und völlig stumm zum Abendessen.

Es wäre unrichtig, zu behaupten, er hätte nichts für sie empfunden, als er sie weinen sah. Er hatte sehr wohl ein kleines Stechen im Herzen gespürt und sich gesagt, daß er mit einem so gut beleumdeten Mädchen, das so großen Gefallen an ihm fand und das zu streicheln nicht unangenehm war, doch recht glücklich hätte werden können. Aber er verbot sich alle diese Gedanken, weil er an Madeleine dachte, die einen Freund, einen Ratgeber und einen Diener nötig haben mochte, und die für ihn, als er noch ein armes, hilfloses, vom Fieber verzehrtes Kind war, mehr gelitten, gearbeitet und ausgestanden hatte als irgendeine Frau auf Erden.

«Vorwärts!» sagte er sich am Morgen, als er vor Tagesanbruch erwachte, «für dich gibt es keine Liebschaft, keinen Reichtum und keine Ruhe. Du würdest gern vergessen, daß du ein Findelkind bist, und du wärst bereit, deine ganze Vergangenheit in den Wind zu schreiben wie so viele andere, die in den Tag hinein leben, ohne jemals zurückzublicken. Gewiß, aber da ist Madeleine Blanchet in deinen

Gedanken und sagt dir: ‹Hüte dich vor dem Vergessen und bedenke, was ich für dich getan habe.› Mach dich also auf den Weg, und möge Gott Euch, Jeannette, einen ergebeneren Liebsten bescheren als diesen Euren Diener!»

Solche Gedanken beschäftigten ihn, als er unter dem Fenster seiner biederen Herrin vorbeikam, und er hätte ihr gerne zum Zeichen des Abschieds eine Blume oder ein grünes Zweiglein hingelegt, wenn die Jahreszeit es erlaubt hätte; aber es war der Tag nach dem Dreikönigsfest; das Land war vom Schnee bedeckt, und es gab kein einziges Blatt an den Zweigen, kein bescheidenes Veilchen im Gras.

Er kam auf die Idee, die Bohne, die er am Vorabend im Kuchen gefunden hatte, in einen Zipfel seines weißen Taschentuchs zu knüpfen und es an den Gitterstäben vor Jeannettes Fenster zu befestigen, um ihr so zu zeigen, daß er sie zur Königin erwählt hätte, wenn sie sich dazu entschlossen hätte, zum Abendessen zu erscheinen.

«Eine Bohne ist nur eine Kleinigkeit», sagte er sich, «ein Beweis der Artigkeit und der Verbundenheit, der mich dafür entschuldigen mag, daß ich nicht fähig gewesen bin, ihr Lebewohl zu sagen.»

Aber er vernahm in sich selbst so etwas wie eine Stimme, die ihm davon abriet, diese Gabe darzubringen, und ihm vorhielt, daß ein Mann nicht gleich handeln darf wie jene jungen Mädchen, die wollen, daß man sie liebt, daß man an sie denkt und daß man ihnen nachtrauert, auch wenn sie nicht bereit sind, die Gefühle zu erwidern.

«Nein, nein, François», sagte er sich, während er sein Pfand wieder in die Tasche steckte und den Schritt beschleunigte, «man muß ganz wollen, was man will, und sich vergessen lassen, wenn man entschlossen ist, selbst zu vergessen.»

Daraufhin schritt er rüstig aus, und er war noch keine zwei Flintenschuß weit von Jean Vertauds Mühle entfernt, als er Madeleine vor sich sah und sich sogar einbildete, eine schwache, dünne Stimme zu vernehmen, die ihn zu Hilfe rief. Und dieser Traum führte ihn, und er vermeinte bereits, die große Eberesche und den Brunnen zu sehen, Blanchets Wiese, die Schleuse, das Brücklein und Jeannie, der ihm entgegenlief; und in alledem blieb von Jeannette Vertaud rein nichts, was ihn an seinem Hemdzipfel zurückgehalten und am Laufen gehindert hätte.

Er ging so schnell, daß er keine Kälte spürte und weder an Trinken dachte noch an Essen noch an Verschnaufen, bis er die Landstraße verlassen und über den nach Presles hinabführenden Weg das Kreuz von Plessys erreicht hatte.

Dort angekommen, kniete er nieder und küßte liebevoll das Holz des Kreuzes wie ein guter Christ, welcher einen alten Bekannten wiederfindet. Dann stürmte er über das weite Gelände hinab, das eine Art Weg ist, aber so breit wie ein Feld und sicherlich das schönste Gemeindeland der Welt, mit einer wunderbaren Aussicht, einer erfrischenden Luft und einem hohen Himmel, und das gegen unten so abschüssig wird, daß man ohne weiteres sogar im Ochsenkarren mit der Postkutsche um die Wette fahren und dann kopfüber in den Fluß fallen könnte, der einen ganz unten völlig unverhofft erwartet.

François war auf der Hut und befreite seine Holzschuhe mehr als einmal von den Schnee- und Erdklumpen; er erreichte den Steg, ohne zu stürzen. Er ließ Montipouret links liegen, nicht ohne recht herzlich den behäbigen alten Kirchturm zu grüßen, der aller Welt Freund ist, denn er taucht immer als erster vor den Augen der Heimkehrenden auf und weist ihnen den richtigen Weg, wenn sie sich verirrt haben.

Was die Wege angeht, so habe ich übrigens gar nichts gegen sie, weil sie in der heißen Jahreszeit so fröhlich, grün und herzerquickend sind. Es gibt welche, auf denen man keinen Sonnenstich erwischt. Aber diese hier sind die heimtückischsten, denn sie könnten einen ohne weiteres nach Rom schicken, während man nach Angibault zu gehen vermeint. Zum Glück geizt der gute Kirchturm von Montipouret nicht mit seiner Erscheinung, und es gibt keine Lichtung, in der er nicht die Spitze seines glitzernden Huts auftauchen läßt, um einem zu sagen, ob man sich nach Norden wendet oder nach Westen.

Das Findelkind bedurfte indessen keines Wachtturms, um seinen Weg zu finden. François kannte alle Hohlwege, alle ungangbaren Stellen, alle Abkürzungen durch die Felder, alle Pfade zwischen den Äckern und Wiesen, ja sogar alle Gatter in den Hecken, so daß er mitten in der Nacht den kürzesten Weg auf der Erde ebenso zielsicher eingeschlagen hätte wie eine Taube am Himmel.

Es war gegen Mittag, als er das Dach der Mühle von Cormouer zwischen den entlaubten Zweigen erblickte, und er war froh, einen leichten blauen Rauch über dem Dach aufsteigen zu sehen, der ihm anzeigte, daß das Haus nicht den Mäusen anheimgefallen war.

Er ging quer durch Blanchets Wiese, um schneller hinzugelangen, so daß er nicht unmittelbar am Brunnen vorbeikam; aber da die Bäume und Sträu-

cher keine Blätter mehr hatten, sah er das lebendige, in der Sonne schimmernde Wasser, das nie
einfriert, weil es Quellwasser ist. Rings um die
Mühle war hingegen alles hart gefroren und so
glatt, daß es großer Geschicklichkeit bedurfte, um
über die Steine und die Uferböschung des Flusses
zu laufen. Er sah das alte Mühlrad, das von den
Jahren und der Feuchtigkeit ganz schwarz geworden war und große Eiszapfen trug, die wie dünne
Nadeln an den Schaufeln hingen.

Aber in der Umgebung des Hauses fehlten viele
Bäume, und der Ort hatte sich stark verändert. Die
Schulden des verstorbenen Blanchet hatten die Axt
spielen lassen, und manchenorts sah man noch
die Strünke der frisch umgehauenen Erlen, die so
rot waren wie Menschenblut. Von außen gesehen
schien das Haus in schlechtem Zustand zu sein; das
Dach war nur unzulänglich gedeckt, und der Back-
ofen war nach dem strengen Frost halb eingestürzt.

Noch trauriger war indessen, daß sich in Haus
und Hof überhaupt nichts regte, keine Seele und
keine Gestalt, kein Tier und kein Mensch. Nur ein
Hund mit grauem, schwarz und weiß untermisch-
tem Haar, einer jener armseligen Hofhunde, die bei
uns auf dem Land «scheckig» genannt werden,
kaum aus der Tür und ging kläffend auf das Findelkind los; aber er beruhigte sich sofort und kroch
herbei, um sich ihm zu Füßen zu legen.

«Sieh da, Labriche, hast du mich erkannt?» sagte
François. «Aber ich hätte dich fast nicht mehr gekannt, denn du bist jetzt so alt und gebrechlich,
daß deine Rippen hervorstehen und dein Bart ganz
weiß geworden ist.»

So sprach François, während er den Hund anschaute; er stand ganz verstört da, als wollte er Zeit

gewinnen, ehe er das Haus betrat. Bis zum letzten Augenblick hatte er es so eilig gehabt, und jetzt überkam ihn die Angst, denn er bildete sich ein, er werde Madeleine nicht wiedersehen, sie sei fort oder anstatt ihres Mannes gestorben, und man habe ihm eine falsche Nachricht überbracht, als man ihm den Tod des Müllers mitteilte; kurzum, er war von allen Gedanken erfüllt, die einem durch den Kopf gehen, wenn man das erreicht, was man am innigsten ersehnt hat.

XVI

Schließlich schob François den hölzernen Riegel an der Tür zurück, und nun erblickte er statt Madeleine ein schönes, anmutiges junges Mädchen, so rotwangig wie eine Morgenröte im Frühling und so aufgeweckt wie ein Hänfling, das ihm mit liebenswürdiger Miene sagte: «Was wünscht Ihr, junger Mann?»

François schaute sie nicht lange an, so erfreulich der Anblick auch war, sondern blickte sich suchend im ganzen Raum nach der Müllerin um. Aber er sah nur, daß ihre Bettvorhänge zugezogen waren und daß sie zweifellos im Bett lag. Er kam überhaupt nicht auf den Gedanken, dem hübschen Mädchen zu antworten, das die jüngste Schwester des verstorbenen Müllers war und Mariette Blanchet hieß. Er ging schnurstracks auf das gelbe Bett zu und schob behutsam den Vorhang zur Seite, ohne ein Geräusch und ohne eine Frage; und da sah er Madeleine Blanchet kraftlos hingestreckt, totenblaß, völlig vom Fieber betäubt und niedergedrückt.

Er schaute sie lange prüfend an, ohne sich zu regen und ohne ein Wort zu sagen; und obwohl es ihn tief betrübte, sie krank vorzufinden, obwohl er große Furcht hatte, daß sie sterben könnte, war er glücklich, ihr Gesicht vor sich zu wissen und sich zu sagen: «Ich sehe Madeleine.»

Aber Mariette Blanchet schob ihn sehr sanft vom Bett weg, schloß den Vorhang und bedeutete ihm, sie zur Feuerstelle zu begleiten.

«Was soll das, junger Mann», sagte sie; «wer seid Ihr und was wünscht Ihr? Ich kenne Euch nicht, und Ihr seid nicht aus unserer Gegend. Womit können wir Euch dienen?»

Aber François hörte nicht, was sie ihn fragte, und anstatt ihr zu antworten, stellte er ihr Fragen: Wie lange war Madame Blanchet schon krank? War ihr Leben in Gefahr, und wurde sie auch gut gepflegt?

Darauf entgegnete Mariette, daß sie seit dem Tode ihres Mannes krank war, weil es sie völlig erschöpft hatte, ihn Tag und Nacht zu pflegen und zu umsorgen; daß man den Arzt noch nicht hatte kommen lassen, man ihn jedoch rufen wollte, wenn ihr Zustand sich verschlimmerte; und was die gute Pflege anging, so schonte sie, die mit ihm sprach, sich nicht im geringsten, wie es eben ihre Pflicht war.

Bei diesen Worten blickte der Champi ihr prüfend in die Augen, und er hatte es nicht nötig, sie nach ihrem Namen zu fragen, denn einerseits wußte er schon, daß Monsieur Blanchet kurz nach seinem Fortgehen seine Schwester zu seiner Frau ins Haus gebracht hatte, und andererseits entdeckte er in dem niedlichen Gesicht dieses niedlichen jungen Dings eine ziemlich ausgeprägte Ähnlichkeit mit dem verdrießlichen Gesicht des verstorbenen Müllers. Man findet hie und da so zarte Schnäuzchen, die mißliebigen Schnäuzchen gleichen, ohne daß man sagen könnte, wie es dazu kommt. Und obwohl Mariette Blanchet ein erfreulicher Anblick war, wie ihr Bruder zumeist einen unangenehmen geboten hatte, bewahrte sie eine ganz unverkennbare Familienähnlichkeit. Nur war das Aussehen des Verstorbenen brummig und zornmütig gewesen, während Mariette eher wie eine Person aussah, die sich lustig macht, anstatt sich zu ärgern, und die nichts fürchtet, anstatt Furcht einflößen zu wollen.

So kam es, daß François sich im Gedanken an den Beistand, den Madeleine von diesem jungen Ding empfangen konnte, weder ganz besorgt noch ganz beruhigt fühlte. Ihre Haube war aus feinem Stoff, sorgsam gefältelt und sorgsam aufgesteckt; ihr Haar, das sie ein wenig in der Art der Handwerkerfrauen trug, hatte einen feinen Glanz und war sorgfältig gekämmt und nach hinten gestrafft; ihre Hände waren, wenn man bedachte, daß sie eine Kranke pflegte, recht weiß, und desgleichen ihre Schürze. Schließlich war sie ja auch sehr jung, zu herausgeputzt und unbekümmert, um Tag und Nacht an eine Frau zu denken, die sich nicht selbst helfen konnte.

All dies bewog François, sich in die Ecke am Kamin zu setzen, ohne weitere Fragen zu stellen, und unter keinen Umständen von der Stelle zu weichen, ehe er nicht mit eigenen Augen sah, wie die Krankheit seiner lieben Madeleine sich zum Guten oder zum Bösen wendete.

Und Mariette war baß erstaunt, ihn so ohne Umstände vom Kaminfeuer Besitz ergreifen zu sehen, als wäre er hier daheim. Er senkte den Kopf auf die Glut, und da er nicht zum Plaudern aufgelegt schien, getraute sie sich nicht, sich weiter nach seiner Person und seinem Begehr zu erkundigen.

Aber nach einem Weilchen schon kam Catherine herein, die seit bald achtzehn oder zwanzig Jahren die Magd des Hauses war; und ohne auf den Besucher zu achten, trat sie an das Bett ihrer Herrin, schaute behutsam nach ihr und kam dann zum Kamin, um zu sehen, wie Mariette mit der Zubereitung des Kräutertees zurechtkam. Ihre ganze Art erweckte den Eindruck einer großen Besorgtheit um Madeleine, und François, der mit einem Ruck erfaßte, wie hier die Dinge standen, hatte Lust, sie freundschaftlich zu begrüßen; aber...

«Aber», sagte die Magd des Pfarrers und fiel dem Hanfbrecher ins Wort, «Ihr braucht da einen Ausdruck, der nicht zutrifft. Ein *Ruck* bedeutet nicht soviel wie einen Augenblick, eine Minute.»

«Und ich sage Euch», versetzte der Hanfbrecher, «daß ein Augenblick nichts besagen will und daß eine Minute viel zu lang ist, um einen Gedanken in unserem Kopf entstehen zu lassen. Ich weiß nicht, wie viele Millionen Dinge man in einer Minute denken könnte. Dagegen braucht es nur die Zeit eines Rucks, um irgendein Geschehen zu sehen und zu hören. Ich kann ‹ein kleiner Ruck› sagen, wenn Euch das zufällig lieber ist.»

«Aber ein Ruck der Zeit!» sagte die alte Puristin.

«Ah! Ein Ruck der Zeit! Das stört Euch, Mutter Monique? Geht nicht alles ruckartig vor sich? Die Sonne, wenn man sie beim Aufgehen in Feuerstößen emporsteigen sieht, und Eure Augen, die blinzeln, wenn Ihr sie anschaut? Das Blut, das in unseren Adern hüpft, die Turmuhr der Kirche, die uns die Zeit brosamenweise zerrupft wie der Beutel das Mahlgut, Euer Rosenkranz, wenn Ihr ihn betet, Euer Herz, wenn der Herr Pfarrer lange nicht nach Hause kommt, der Regen, der Tropfen um Tropfen herabfällt, und sogar, wie es heißt, die Erde, die sich dreht wie ein Mühlrad? Ihr spürt den Galopp nicht, sowenig wie ich; das Räderwerk ist eben gut geölt; und doch muß es wohl oder übel Rucke geben, da wir in vierundzwanzig Stunden einen so langen Weg zurücklegen. Deswegen sagen wir ja auch ‹eine Zeitlang›, wenn wir ‹ein Weilchen› meinen. Ich sage also ‹Ruck›, und ich bleibe dabei. Und jetzt schneidet mir nicht mehr das Wort ab, wenn Ihr es mir nicht nehmen wollt.»

«Nein, nein, Euer Räderwerk ist auch zu gut geölt», entgegnete die Alte. «Gebt also Eurer Zunge noch einen kleinen Ruck!»

XVII

Ich sagte also, daß François große Lust hatte, der dicken Catherine guten Tag zu sagen und sich ihr zu erkennen zu geben; aber da er im gleichen Ruck der Zeit Lust hatte, zu weinen, schämte er sich, wie ein Einfaltspinsel dazustehen, und hob deshalb nicht einmal den Kopf. Aber als Catherine sich zum Feuer niederbeugte, erblickte sie seine langen Beine und fuhr ganz erschreckt zurück.

«Was soll denn das?» sagte sie mit unterdrückter Stimme zu Mariette im anderen Winkel des Zimmers. «Wo kommt dieser Mensch her?»

«Da bin ich überfragt», antwortete die Kleine, «ich habe keine Ahnung. Ich habe ihn noch nie gesehen. Er ist hereingekommen wie in eine Herberge, ohne guten Tag oder guten Abend zu sagen. Er hat sich nach dem Ergehen meiner Schwägerin erkundigt, als wäre er ihr Verwandter oder ihr Erbe; und seitdem hockt er so am Feuer, wie du ihn siehst. Sprich du mit ihm, ich habe lieber nichts mit ihm zu tun. Vielleicht ist er nicht ganz richtig im Kopf.»

«Wie! Ihr meint, er sei nicht bei Verstand? Er sieht aber gar nicht böse aus, soweit ich das beurteilen kann, denn man hat den Eindruck, daß er sein Gesicht verbirgt.»

«Und wenn er doch was Böses im Schilde führt?»

«Keine Angst, Mariette, ich bin da, um ihn in Schach zu halten. Wenn er uns belästigt, schütte ich ihm einen Kessel voll heißes Wasser über die Beine und werfe ihm einen Feuerbock an den Kopf.»

Während die beiden so schwatzten, dachte François an Madeleine. «Diese arme Frau», sagte er sich, «die von ihrem Mann allezeit nichts als Ärger und Schaden hat erdulden müssen, liegt jetzt krank da, weil sie ihm bis zu seiner Todesstunde hilfreich und tröstend beigestanden ist. Und da ist dieses junge Ding, nach allem, was ich gehört habe, die Schwester und der verwöhnte Liebling des Verstorbenen, deren Wangen keine Spuren großer Sorge aufweisen. Wenn sie sich abgerackert und Tränen vergossen hat, merkt man es ihr nicht an, denn ihre Augen sind so heiter und so klar wie die Sonne.»

Er konnte nicht umhin, sie unter der Krempe hervor anzuschauen, denn er hatte noch nie eine so frische und fröhliche Schönheit gesehen. Aber wenn sie seine Augen kitzelte, so nistete sie sich deswegen noch lange nicht in seinem Herzen ein.

«Schön, schön», sagte Catherine, immer noch flüsternd, zu ihrer jungen Herrin, «ich will mit ihm reden. Wir müssen wissen, woran wir sind.»

«Sprich höflich mit ihm», meinte Mariette. «Wir dürfen ihn nicht böse machen: Wir sind allein im Haus, Jeannie ist vielleicht weit weg und könnte uns schreien hören.»

«Jeannie?» sagte François, der von dem ganzen Geplapper nur den Namen seines alten Freundes verstanden hatte. «Wo steckt denn bloß Jeannie? Warum sehe ich ihn nicht? Ist er recht groß geworden, recht schön, recht stark?»

«Schau, schau», dachte Catherine, «er fragt das, weil er vielleicht doch böse Absichten hat. Wer um Gottes willen mag dieser Mann sein? Ich erkenne ihn weder an der Stimme noch an seinem Wuchs; ich will mir Klarheit verschaffen und sein Gesicht anschauen.»

Und da sie eine jener Frauen war, die den Teufel nicht fürchten, und zudem so kräftig gebaut wie ein Landmann und so beherzt wie ein Soldat, trat sie ganz dicht zu ihm, denn sie war entschlossen, ihn den Hut abnehmen zu lassen oder ihn ihm vom Kopf zu schlagen, um herauszufinden, ob er ein Werwolf war oder ein getaufter Mensch. Sie ging zum Angriff über, ohne im geringsten zu denken, daß es François le Champi sein könnte, denn es war nicht nur an und für sich ihre Art, ebensowenig an gestern zu denken wie an morgen, und sie hatte ihn nicht nur schon längst völlig vergessen, sondern er hatte sich zudem so vorteilhaft verändert und sah so stattlich aus, daß sie ihn wohl dreimal angeschaut hätte, ohne ihn zu erkennen; aber als sie sich eben an ihn heranmachen und ihn vielleicht mit Worten aufrütteln wollte, erwachte Madeleine und rief Catherine und sagte ihr mit einer so schwachen Stimme, daß man sie kaum hörte, sie werde von Durst verzehrt.

François sprang so rasch auf, daß er als erster zu ihr gekommen wäre, wenn er nicht befürchtet hätte, sie allzusehr aufzuregen. Er begnügte sich damit, Catherine schnell den Tee hinzuhalten, den sie nahm und eilends ihrer Herrin brachte und dabei für den Augenblick vergaß, sich nach etwas anderem als ihrem Befinden zu erkundigen.

Mariette wandte sich ebenfalls ihren Pflichten zu und hob Madeleine in ihren Armen hoch, damit sie trinken konnte; das bereitete keine Schwierigkeiten, denn Madeleine war nun so schmal und schmächtig geworden, daß es zum Erbarmen war.

«Und wie fühlt Ihr Euch, liebe Schwester?» fragte Mariette.

«Gut! Gut, mein Kind!» antwortete Madeleine

im Ton einer Sterbenden, denn sie klagte nie, um die anderen nicht zu betrüben.

«Aber das ist doch nicht Jeannie, der dort steht?» sagte sie und schaute das Findelkind an. «Sag mir, mein Kind, ob ich träume, oder wer ist der große Mann dort neben dem Kamin?»

Catherine antwortete: «Wir wissen es nicht, Meisterin; er sagt kein Wort und steht einfach wie verblödet da.»

Der Champi machte nun eine kleine Bewegung und schaute dabei Madeleine an, denn er befürchtete immer noch, sie zu plötzlich zu überraschen, und doch kam er um vor Verlangen, mit ihr zu sprechen. In diesem Augenblick sah Catherine ihn richtig; aber so, wie er sich in diesen drei Jahren verändert hatte, erkannte sie ihn nicht, und in der Meinung, Madeleine habe Angst vor ihm, sagte sie: «Macht Euch keine Sorgen, Meisterin; ich wollte ihn eben wegschicken, als Ihr mich gerufen habt.»

«Schickt ihn nicht weg», sagte Madeleine mit ein wenig kräftigerer Stimme und schob den Vorhang etwas mehr beiseite, «denn ich kenne ihn, o ja, und er hat wohl daran getan, mich zu besuchen. Komm, komm zu mir, mein Sohn; ich habe den lieben Gott alle Tage um die Gnade gebeten, dich segnen zu dürfen.»

Und François lief herbei und warf sich an ihrem Lager auf die Knie und weinte vor Trauer und Freude so heftig, daß er beinahe daran erstickte. Madeleine faßte seine beiden Hände und dann seinen Kopf, küßte ihn und sagte: «Ruft Jeannie; Catherine, ruf Jeannie, damit er sich auch so freuen kann. Ah! Ich danke dem lieben Gott, François, und jetzt will ich gerne sterben, wenn es sein Wille ist, denn nun sind alle meine Kinder groß, und ich durfte ihnen Lebewohl sagen.»

XVIII

Catherine eilte fort, um Jeannie zu holen, und Mariette war so begierig, zu erfahren, was es mit alledem für eine Bewandtnis hatte, daß sie ihr nachlief, um sie auszufragen. François blieb allein mit Madeleine, die ihn wieder küßte und zu weinen begann; dann schloß sie noch erschöpfter als zuvor die Augen und fiel in Ohnmacht. Und François wußte nicht, was er unternehmen sollte, um sie aus dieser Bewußtlosigkeit zu wecken; er war wie verstört und vermochte nur, sie in beiden Armen zu halten und sie anzuflehen, als stünde es in ihrer Macht, nicht so rasch zu verscheiden und ohne zuerst angehört zu haben, was er ihr zu sagen hatte.

Mit seinen guten Worten sowie seiner umsichtigen Fürsorge und seinen züchtigen Liebkosungen brachte er sie wieder zur Besinnung. Allmählich konnte sie ihn wieder sehen und ihm zuhören. Und er sagte ihr, wie er gleichsam erahnt hatte, daß sie seiner bedurfte, und wie er alles verlassen hatte und gekommen war, um nie mehr fortzugehen, solange sie ihn bleiben hieß, und wenn sie ihn als Diener haben wollte, wünschte er sich nur die Freude, ihr Diener zu sein, und den Trost, ihr alle Tage in allen Dingen zu gehorchen. Und dann sprach er noch: «Antwortet mir nicht, sagt mir nichts, meine liebe Mutter; Ihr seid zu schwach, sagt nichts. Schaut mich bloß an, wenn es Euch Freude bereitet, mich zu sehen, und dann weiß ich sogleich, ob Ihr meine Zuneigung und meine Dienste annehmt.»

Und Madeleine schaute ihn mit einer so heiteren

Miene an und hörte ihm mit einem so getrösteten Ausdruck zu, daß sie sich beide, ungeachtet des Unglücks dieser Krankheit, glücklich und zufrieden fühlten.

Jeannie, den Catherine mit lautem Geschrei gerufen hatte, kam nun herbei und teilte ihre Freude. Er war ein hübscher Junge zwischen vierzehn und fünfzehn Jahren geworden; er war nicht besonders kräftig, aber von herzerquickender Frische und so gut erzogen, daß man aus seinem Mund nie etwas anderes als wohlanständige und freundschaftliche Worte vernahm.

«Oh! Wie ich mich freue, dich so zu sehen, mein Jeannie!» sagte François. «Du bist nicht übermäßig groß und dick, aber das gefällt mir, denn ich stelle mir vor, daß du mich noch ein wenig nötig haben kannst, um auf die Bäume zu klettern und über den Fluß zu setzen. Du bist immer noch zart, das sehe ich, aber nicht etwa krank, oder? Nun gut! Du wirst noch für ein Weilchen mein Kind sein, wenn du nichts dagegen hast; du wirst mich noch nötig haben, gewiß, gewiß; und wie in alten Zeiten wirst du mich dazu bringen, zu allen deinen Launen ‹ja› zu sagen.»

«Natürlich, zu meinen vierhundert Launen», fiel Jeannie ein, «wie du früher immer gesagt hast.»

«Wahrhaftig, er hat ein gutes Gedächtnis! Das ist aber hübsch von dir, Jeannie, daß du deinen François nicht vergessen hast! Und haben wir immer noch unsere vierhundert Launen für einen jeden Tag?»

«O nein!» sagte Madeleine; «er ist recht vernünftig geworden, es sind jetzt nur noch zweihundert.»

«Nicht mehr und nicht weniger?» fragte darauf François.

«Oh! Mir soll's recht sein», antwortete Jeannie; «wenn mein liebes Mütterlein nur ein wenig zu lachen anfängt, bin ich mit allem einverstanden, was ihr wollt. Und ich möchte sogar sagen, daß meine Laune gegenwärtig jeden Tag mehr als fünfhundertmal danach steht, sie gesund zu sehen.»

«Das läßt sich hören, Jeannie», sagte François. «Sieh mal einer an, wie gut er jetzt zu reden versteht! Komm, mein Junge, diese fünfhundert Launen werden bestimmt vom lieben Gott erhört. Wir wollen dein liebes Mütterlein so gut pflegen und kräftigen und nach und nach zum Lachen bringen, daß ihre Mattigkeit verschwindet.»

Catherine stand unter der Tür und hatte große Lust hereinzukommen, um François zu sehen und auch mit ihm zu reden; aber Mariette hielt sie am Arm fest und hörte nicht auf, sie auszufragen.

«Wie?» fragte sie, «er ist ein Findelkind? Dabei sieht er doch ganz rechtschaffen aus!»

Und sie schaute ihn von draußen über den hölzernen Riegel der Tür an, die sie leicht aufgesperrt hielt.

«Aber wie kommt es denn, daß er so mit Madeleine befreundet ist?»

«Wenn ich Euch doch sage, daß sie ihn aufgezogen hat und daß er ein sehr guter Junge war.»

«Aber sie hat mir nie von ihm erzählt; und du übrigens auch nicht.»

«Ach, du liebe Zeit! Ich selbst habe nie an ihn gedacht; er war nicht mehr da, ich hatte ihn so gut wie völlig vergessen; und dann wußte ich, daß unsere Herrin um seinetwillen viel Kummer gehabt hat, und ich wollte sie nicht daran erinnern.»

«Kummer? Was für Kummer denn?»

«Nun, weil sie sehr an ihm hing, und das war nur natürlich: Er hatte ein so gutes Herz, dieser Junge! Und Euer Bruder wollte ihn nicht im Hause dulden; Ihr wißt selbst, daß er nicht immer nett ist, Euer Bruder!»

«So etwas dürfen wir nicht sagen, weil er doch jetzt tot ist, Catherine!»

«Ja, gewiß, Ihr habt recht, ich dachte nicht mehr daran, wahrhaftig; ich habe ein so kurzes Gedächtnis! Und dabei ist es doch erst vierzehn Tage her! Aber laßt mich doch bitte hineingehen, kleines

Fräulein; ich will diesem Jungen jetzt das Mittagessen kochen; ich denke mir, daß er hungrig sein muß.»

Und sie wand sich los, um François zu umarmen; denn er war ein so hübscher Junge geworden, daß sie sich nicht erinnerte, früher einmal gesagt zu haben, sie wolle lieber ihren Holzschuh küssen als ein Findelkind.

«Ah! Mein guter François», sagte sie ihm, «ich bin so froh, dich zu sehen. Ich glaubte schon, du würdest nie mehr zu uns kommen. Aber schaut doch, Meisterin, wie er sich entwickelt hat! Ich kann nur staunen, daß Ihr ihn auf den ersten Blick wiedererkannt habt. Wenn Ihr nicht gesagt hättet, daß er es ist, bin ich sicher, daß ich einige Zeit gebraucht hätte, um es zu merken. Wie ist er schön! Wie schön! Und sein Bart fängt an zu sprießen, wahrhaftig! Man sieht ihn noch nicht recht, aber man ahnt ihn. Meiner Treu! Als du fortgingst, stach es noch kein bißchen, François, und jetzt sticht es ein wenig. Und wie er jetzt stark ist, mein Freund! Was für Arme, was für Hände und Beine! Ein solcher Arbeiter ist drei wert. Wie hoch ist denn dein Lohn dort drüben?»

Madeleine mußte leise lachen, als sie Catherines gewaltige Freude an François sah, und sie betrachtete ihn und hatte ebenfalls ihre Freude, weil sie ihn so vor Jugend und Gesundheit strotzend wiedersah. Es wäre ihr lieb gewesen, ihren Jeannie am Ende seines Wachstums gleichermaßen trefflich entwickelt zu sehen. Und Mariette verging beinahe vor Scham, weil Catherine so dreist einen Jungen anblickte, und sie war feuerrot, ohne an etwas Böses zu denken. Aber je mehr sie sich dagegen wehrte, François anzuschauen, desto besser sah sie ihn und fand ihn, wie Catherine sagte, einen Prachtkerl, der wie eine junge Eiche auf festen Füßen stand.

Und so kam es, daß sie ihn ganz unwillkürlich höchst sittsam zu bedienen begann, ihm den besten hellen Wein des Jahres einschenkte und ihn zur Besinnung rief, wenn er, ganz in die Betrachtung von Madeleine und Jeannie versunken, zu essen vergaß.

«So greift doch ein bißchen zu», sagte sie ihm, «Ihr eßt ja sozusagen nichts. Ihr solltet hungriger sein, weil Ihr doch einen so weiten Weg hinter Euch habt.»

«Achtet nicht auf mich, Jungfer», antwortete François schließlich; «ich bin so froh, hier zu sein, daß ich keine große Lust auf Essen und Trinken habe.»

Als der Tisch abgeräumt war, sagte er zu Catherine: «So, jetzt zeigst du mir ein bißchen die Mühle und das Haus, denn das alles ist mir vernachlässigt vorgekommen, und ich habe mit dir zu reden.»

Und als er mit ihr draußen war, fragte er sie über den Stand der Geschäfte aus wie einer, der sich darauf versteht und über alles Auskunft will.

«Ah! François», sagte Catherine und fing an zu weinen, «es ist alles zum schlechtesten bestellt, und wenn niemand meiner armen Meisterin zu Hilfe kommt, bin ich sicher, daß diese böse Frau sie aus ihrem Haus jagt und keine Ruhe gibt, bis sie ihre ganze Habe in Prozessen aufgezehrt hat.»

«Weine nicht, denn sonst verstehe ich dich nicht recht», sagte François, «und versuch, dich deutlich zu erklären. Welche böse Frau meinst du? Die Sévère?»

«Ja, natürlich! Wen denn sonst? Sie hat sich nicht damit zufriedengegeben, unseren verstorbenen Meister zu ruinieren. Jetzt erhebt sie Anspruch auf alles, was er hinterlassen hat. Sie ersinnt fünfzig Rechtsverfahren; sie behauptet, Schuldscheine von Cadet Blanchet zu besitzen, und sagt, daß ihr Guthaben selbst dann noch nicht gedeckt ist, wenn sie uns gezwungen hat, alles zu verkaufen, was uns noch bleibt. Um sie zufriedenzustellen, hat unsere Meisterin schon bezahlt, soviel sie nur konnte, und ich habe große Angst, daß die Plackerei mit dieser ganzen Geschichte sie noch umbringt, nachdem sie wegen der Krankheit ihres Mannes in einen solchen Zustand der Erschöpfung geraten ist. Wenn man weiter so mit uns umspringt, haben wir demnächst kein Brot und kein Feuer mehr. Der Müllergeselle hat uns verlassen, weil man ihm seit zwei Jahren den Lohn schuldig war und ihn nicht zahlen konnte. Die Mühle steht still, und wenn das noch ein Weilchen dauert, verlieren wir unsere Kundschaft. Die Pferde und die Ernte sind gepfändet worden; das wird alles auch verkauft; und alle Bäume sollen gefällt werden. Ach, François! Es ist trostlos!»

Und sie fing wieder an zu weinen.

«Und du, Catherine? Hast du auch eine Schuld zu fordern?» wollte François wissen. «Ist dir dein Lohn bezahlt worden?»

«Ich, eine Schuld fordern!» versetzte Catherine nicht mehr jammernd, sondern wie ein Stier brüllend. «Nie! Nie! Ob mein Lohn bezahlt wird oder nicht, geht niemanden etwas an!»

«Wohlan, Catherine, das ist schön, was du da sagst!» meinte François. «Sorge du weiter für die gute Pflege deiner Herrin und kümmere dich nicht um das übrige. Ich habe bei meinen Meistern ein wenig Geld verdient und bringe genug mit, um die Pferde, die Ernte und die Bäume zu retten. Was die

Mühle angeht, so will ich ein ernstes Wörtchen mit ihr reden, und wenn etwas nicht in Ordnung ist, stelle ich sie schon in den Senkel. Jeannie, der so flink ist wie ein Schmetterling, soll jetzt gleich bis heute abend und morgen wieder in der Frühe zu allen Kunden laufen und ihnen sagen, daß die Mühle knarrt und kreischt wie zehntausend Teufel und daß der Müller auf das Korn wartet.»

«Und ein Arzt für unsere Herrin?»

«Ich habe daran gedacht; aber ich will noch zusehen, wie es ihr bis heute abend geht, ehe ich einen Entschluß fasse. Die Ärzte, Catherine, weißt du, ich finde, daß sie schon gelegen kommen, wenn die Kranken sie unbedingt nötig haben; aber wenn die Krankheit nicht schwer ist, bringt der liebe Gott eine heilsamere Hilfe als ihre Arzneien. Ganz davon abgesehen, daß der Anblick des Arztes, der die Reichen heilt, die Armen oft umbringt. Was dem zu großen Wohlstand zur Unterhaltung und zur Belustigung dient, ängstigt die Menschen, die sein Gesicht nur zur Stunde der Gefahr zu sehen bekommen, und das läßt ihnen das Blut in den Adern gerinnen. Ich bin überzeugt, daß Madame Blanchet bald genesen wird, wenn sie sieht, daß ihren Angelegenheiten Hilfe zuteil wird.

Und ehe wir dieses Gespräch beenden, Catherine, möchte ich noch eins wissen; ich bitte dich um ein wahrheitsgetreues Wort, und du brauchst dir deswegen keine Gewissensbisse zu machen. Es bleibt unter uns, und wenn du dich erinnerst, wie ich war, und ich habe mich nicht geändert, dann mußt du wissen, daß ein Geheimnis im Herzen des Champi gut aufgehoben ist.»

«Ja, ja, das weiß ich», sagte Catherine; «aber warum nennst du dich einen Champi? Diesen

Namen wird dir niemand mehr geben, denn du verdienst es nicht, ihn zu tragen, François.»

«Achte nicht darauf. Ich werde immer sein, was ich bin, und ich habe nicht die Gewohnheit, mir deswegen den Kopf zu zerbrechen. Sag mir also, was du von deiner jungen Herrin denkst, von Mariette Blanchet?»

«Ei, ja! Sie ist ein bildhübsches Mädchen! Habt Ihr etwa schon im Sinn, sie zu heiraten? Sie ist ordentlich reich, die Mariette, denn ihr Bruder hat nichts anrühren können, weil es doch Mündelgut ist, und wenn Ihr nicht zufällig eine Erbschaft gemacht habt, Meister François...»

«Die Findelkinder machen keine Erbschaften», sagte François; «und was das Heiraten betrifft, so habe ich alle Zeit, an die Ehe zu denken, wie die Kastanie in der Bratpfanne. Was ich von dir wissen möchte, ist, ob diese Kleine besser ist als ihr verstorbener Bruder und ob Madeleine Freude an ihr erleben wird oder Kummer, wenn sie sie im Haus behält.»

«Das könnte nur der liebe Gott Euch sagen», erwiderte Catherine, «aber nicht ich. Bis jetzt ist noch kein Arg an ihr, und sie denkt sich auch nicht eben viel. Sie liebt die schönen Kleider, die mit Spitzen besetzten Hauben und das Tanzen. Sie ist nicht auf Vorteile aus, und sie wird von Madeleine so verwöhnt und so gut behandelt, daß sie noch keine Gelegenheit hatte, zu zeigen, ob sie Zähne hat. Sie hat noch nie gelitten; wir können nicht wissen, was aus ihr wird.»

«Hing sie sehr an ihrem Bruder?»

«Nicht übermäßig, außer wenn er sie in Gesellschaften führte und unsere Meisterin ihm vorhalten wollte, daß es unschicklich sei, ein anständiges

Mädchen in Begleitung der Sévère mitzunehmen. Die Kleine, die nur auf ihr Vergnügen bedacht war, fing dann an, ihrem Bruder zu schmeicheln und mit Madeleine zu schmollen, so daß sie wohl oder übel nachgeben mußte. Und eben deshalb ist die Mariette auch nicht so mit der Sévère verfeindet, wie ich eigentlich wünschte. Aber man kann nicht sagen, sie benehme sich ihrer Schwägerin gegenüber nicht liebenswürdig und gehörig.»

«Das genügt, Catherine, mehr brauche ich nicht zu wissen. Ich verbiete dir nur, diesem jungen Ding auch nur ein Sterbenswörtchen von dem zu sagen, was wir eben gemeinsam verhandelt haben.»

Alle Maßnahmen, die François der Catherine angekündigt hatte, führte er aufs beste aus. Dank Jeannies Eifer kam noch am gleichen Abend das erste Korn zum Mahlen, und noch am gleichen Abend war die Mühle instand gestellt; das Eis rings um das Rad war gebrochen und geschmolzen, das Räderwerk geschmiert, die geborstenen Holzteile repariert oder ersetzt. Der wackere François arbeitete bis um zwei Uhr in der Früh, und um vier war er schon wieder auf den Beinen. Er betrat leise Madeleines Zimmer und fand dort die wackere Catherine, die bei ihr wachte und bei der er sich nach der Kranken erkundigte. Sie hatte gut geschlafen, weil die Ankunft ihres lieben Dieners und die tatkräftige Hilfe, die er ihr brachte, ihr Trost gespendet hatten. Und da Catherine sich weigerte, ihre Herrin zu verlassen, ehe Mariette aufgestanden war, fragte François, um wieviel Uhr die Schönheit von Cormouer sich zu erheben pflege.

«Nicht vor Sonnenaufgang», sagte Catherine.

«Dann mußt du noch über zwei Stunden warten und kommst überhaupt nicht zum Schlafen?»

«Ich schlafe tagsüber ein wenig in meinem Stuhl oder in der Scheune auf dem Stroh, wenn ich meinen Kühen zu fressen gebe.»

«Schön! Jetzt gehst du schlafen», sagte François, «und ich warte hier auf das gnädige Fräulein, um ihm zu zeigen, daß es Leute gibt, die später zu Bett gehen als sie und früher wieder aufstehen. Ich will inzwischen die Papiere des Verstorbenen durchsehen, und die anderen, die seit seinem Tod von den Gerichtsvollziehern gebracht worden sind. Wo finde ich sie?»

«Dort in Madeleines Truhe», sagte Catherine. «Ich werde Euch eine Lampe anzünden, François. Dann also guten Mut, und versucht, uns aus der Patsche zu helfen, da Ihr Euch in den Schriftstükken auskennt.»

Und sie ging schlafen und gehorchte so dem Findelkind wie dem Herrn des Hauses, womit wieder einmal erwiesen wäre, daß ein Mensch, der einen guten Kopf und ein gutes Herz hat, überall gebietet und daß dies sein gutes Recht ist.

XIX

Sobald François mit Madeleine und Jeannie allein war, denn der Junge schlief noch immer im gleichen Zimmer mit seiner Mutter, wollte er nachsehen, ob die Kranke einen ruhigen Schlaf hatte, ehe er sich an die Arbeit machte, und er fand, daß sie schon viel besser aussah als bei seiner Ankunft. Der Gedanke, daß sie keines Arztes bedurfte und daß er ganz allein mit dem Trost, den er ihr spendete, ihre Gesundheit retten und ihr Los wenden konnte, erfüllte ihn mit Freude.

Er begann die Papiere durchzusehen und war sich bald darüber im klaren, was die Sévère forderte und wieviel Vermögen Madeleine noch verblieb, um sie zufriedenzustellen. Abgesehen von allem, was die Sévère verzehrt hatte und Cadet Blanchet hatte verzehren lassen, forderte sie zudem noch eine Schuld von zweihundert Pistolen, und Madeleine verfügte kaum über mehr als ihr Heiratsgut und dazu die Hinterlassenschaft, die Jeannie von Blanchet geerbt hatte und die sich auf die Mühle und die Nebengebäude beschränkte: also alles in allem den Hof, die Wiese, die Gebäude, den Garten, das Hanffeld und die Pflanzung; denn alle anderen Felder und Grundstücke waren in Cadet Blanchets Händen zerschmolzen wie Schnee.

«Gott sei Dank!» dachte François, «ich habe beim Herrn Pfarrer von Aigurande vierhundert Pistolen liegen, und selbst angenommen, daß ich nicht mehr erreichen kann, bleibt Madeleine wenigstens ihr Heim erhalten, der Ertrag ihrer Mühle und das, was noch von ihrer Mitgift übrig ist. Aber ich möchte doch meinen, daß wir billiger davonkommen sollten. Zunächst möchte ich wissen, ob die von Blanchet zugunsten der Sévère ausgestellten Wechsel ihm nicht mit List und Tücke abgepreßt wurden, und dann einen Handel mit den verkauften Grundstücken abschließen. Ich weiß genau, wie diese Geschäfte abgewickelt werden, und nach den Namen der Käufer zu urteilen, lege ich meine Hand dafür ins Feuer, daß ich hier das Nest finde, wo sie ihre Taler ausbrüten.»

Es war nämlich so, daß Blanchet zwei oder drei Jahre vor seinem Tod, in Geldnöten und von üblen Schulden gegenüber der Sévère bedrängt, sein Land zu Schleuderpreisen an jeden beliebigen Interessenten verkauft und seine Schuldforderungen der Sévère abgetreten hatte, weil er meinte, sich auf diese Weise ihrer und ihrer Helfershelfer zu entledigen, die ihr zu seinem Ruin die Hand geboten hatten. Aber dann geschah, was man so oft bei den Einzelverkäufen sieht: Beinahe alle, die, vom guten Duft des Weizen tragenden Bodens angelockt, eilends gekauft hatten, besaßen weder Heller noch Pfennig, um dafür zu bezahlen, und es gelang ihnen nur mit großer Mühe, die Zinsen zu entrichten. Das konnte zehn oder zwanzig Jahre lang so weitergehen; für die Sévère und ihre Sippschaft war es eine Kapitalanlage, aber eine schlechte, und sie schimpfte laut auf Cadet Blanchets Übereilung und fürchtete sehr, ihr Geld nie zu sehen. Dies wenigstens sagte sie; aber es war eine Spekulation wie jede andere. So schlecht es dem Bauern gehen mag, seine Zinsen zahlt er immer, weil er vor allem fürchtet, das Stück Land preiszugeben, das der Gläubiger ihm wieder abnehmen kann, wenn ihm die Geduld reißt.

155

Das ist uns allen gut bekannt, liebe Leute! Und mehr als einmal passiert es uns, daß wir uns nach der falschen Seite bereichern, indem wir ein schönes Gut wohlfeil erwerben. Sowenig es sein mag, es ist immer noch zuviel für uns. Die Augen unserer Begehrlichkeit sind größer als der Magen unseres Geldbeutels, und wir mühen uns redlich ab, ein Land zu bestellen, dessen Ertrag nicht die Hälfte der vom Verkäufer geforderten Zinsen deckt; und wenn wir dann während der Hälfte unseres armseligen Lebens darauf gehackt und geschwitzt haben, sind wir ruiniert, und nur der Boden hat sich dank unserer Mühen und Arbeiten bereichert. Er ist jetzt doppelt soviel wert, und für uns ist der Augenblick gekommen, ihn zu verkaufen. Wenn wir ihn gut verkauften, wären wir gerettet; aber es kommt ganz anders. Die Zinsen haben uns völlig ausgelaugt, so daß wir uns beeilen und ihn um jeden Preis losschlagen müssen. Wenn wir aufbegehren, werden wir von den Gerichten dazu gezwungen, und der ursprüngliche Verkäufer, falls er noch lebt, oder seine Rechtsnachfolger und Erben nehmen ihr Land zurück, wie sie es vorfinden; das heißt, während langer Jahre haben sie es zu acht oder zehn vom Hundert in unsere Hände gelegt, und wenn es dank unserer Pflege seinen Wert verdoppelt hat, dank einer guten Bebauung, die sie weder Mühe noch Geld gekostet hat, und auch dank der Zeit, die den Wert des Grundbesitzes stets vermehrt, dann nehmen sie es wieder an sich. So werden wir armen Weißfische immer von den großen Fischen gefressen, die uns jagen, und immer für unsere Begehrlichkeiten bestraft, und wir sind die gleichen Einfaltspinsel wie zuvor.

Die Sévère hatte also ihr Geld als ordentliche

Hypothek und zu recht ordentlichen Zinsen in ihrem eigenen Land angelegt. Aber sie hielt dennoch Cadet Blanchets Hinterlassenschaft in ihren Klauen, denn sie hatte ihn so schlau geführt, daß er sich für die Käufer seiner Grundstücke verpflichtet hatte und nun für sie der Bürge ihrer Zahlungen an die Sévère geblieben war.

Als François allen diesen Schlichen auf die Spur gekommen war, sann er auf Mittel und Wege, um die Grundstücke billig wieder zu erwerben, ohne jemanden zu ruinieren, und gleichzeitig der Sévère und ihrer Bande einen tollen Streich zu spielen, indem er ihre Spekulation zum Scheitern brachte.

Das Unternehmen war nicht einfach. Er hatte genug Geld, um sozusagen alles zum Verkaufspreis zurückzuerwerben. Weder die Sévère noch sonst jemand konnte die Rückzahlung verweigern; es war für alle Leute, die etwas gekauft hatten, von Vorteil, möglichst schnell wieder zu verkaufen und so das Gespenst ihres zukünftigen Ruins loszuwerden; denn ich sage euch, ihr Jungen und Alten, die ihr mir zuhört, ein auf Borg gekauftes Stück Land ist ein Bettelpaß für eure alten Tage. Aber es nützt nichts, es euch zu sagen, ihr werdet trotzdem die Kaufkrankheit kriegen. Niemand kann eine umgepflügte Furche in der Sonne dampfen sehen, ohne vom hitzigen Fieber befallen zu werden, sie sein eigen zu nennen. Und das eben befürchtete François besonders: dieses hitzige Fieber des Bauern, der sich nicht von seiner Scholle trennen will.

Die Scholle, Kinder, wißt ihr, was das ist? Es hat eine Zeit gegeben, zu der man in unseren Gemeinden großes Aufheben davon machte. Es hieß, die alten Lehnsherren hätten uns an sie gefesselt, um uns in unserem eigenen Schweiß umkommen zu lassen, aber die Revolution habe diesen Strick durchschnitten und wir zögen nun nicht mehr wie Ochsen am Pflug des Meisters; die Wahrheit ist, daß wir uns selbst an unsere Pflugschar gebunden haben und daß wir dabei nicht weniger schwitzen und genau gleich umkommen wie zuvor.

Das Heilmittel, so versichern die Bürger unter uns, bestünde darin, nie auch nur das Geringste nötig zu haben oder zu begehren. Und letzten Sonntag habe ich einem, der mir das besonders eifrig predigte, zur Antwort gegeben, wenn wir nur vernünftig genug sein könnten, wir kleinen Leute, um niemals zu essen, immer zu arbeiten, nie zu schlafen und nur hübsch klares Wässerlein zu trinken, immer vorausgesetzt, daß die Frösche es nicht übelnehmen würden, dann brächten wir eine schöne Ersparnis zusammen, und man fände uns lieb und brav und überschüttete uns mit lauter Lobsprüchen.

François le Champi, der über diese Sache nachdachte wie ihr und ich, zerbrach sich den Kopf, um das Mittel zu finden, das die Käufer dazu bewegen konnte, ihm wieder zu verkaufen. Und schließlich kam er auf den Ausweg, ihnen eine hübsche kleine Lüge ins Ohr zu flüstern, nämlich daß die Sévère eher reich tat als wirklich war; daß ihre Schulden zahlreicher waren als die Löcher in einem Sieb und daß ihre Gläubiger am nächstbesten schönen Morgen alle ihre Schuldforderungen und ihr ganzes Eigentum pfänden lassen würden. Er gedachte es ihnen vertraulich zu sagen, und wenn sie es dann tüchtig mit der Angst zu tun bekommen hatten, sollte Madeleine Blanchet mit seinem Geld eingreifen, um sich die Grundstücke zum Verkaufspreis zurückzuerwerben.

Er hatte indessen wegen dieser Lügengeschichte ein schlechtes Gewissen, bis er auf den Gedanken kam, allen diesen armen Käufern einen kleinen Vorteil zu gewähren, um sie für die bereits bezahlten Zinsen zu entschädigen. Und auf diese Weise hoffte er, Madeleine wieder in ihre Rechte und ihre Nutznießung einzusetzen und gleichzeitig die Käufer vor Schaden und Verderb zu bewahren. Was die Sévère betraf und den Mißkredit, der ihr aus seinem Vorhaben erwachsen mochte, so machte er sich gar kein Gewissen daraus. Das Huhn darf wohl versuchen, dem bösen Vogel eine Feder auszureißen, der ihm seine Küken gerupft hat.

In diesem Augenblick erwachte Jeannie und erhob sich ganz leise, um den Schlaf seiner Mutter nicht zu stören; dann, nachdem er François guten Tag gesagt hatte, machte er sich ungesäumt auf, um die übrigen Kunden davon zu benachrichtigen, daß die Mühle wieder instand gestellt sei und daß ein trefflicher Müller das Mühlwerk überwache.

XX

Es war schon längst hellheiterer Tag, als Mariette Blanchet aus ihrem Nest hervorkam; sie erschien in ihrem schönsten Trauerputz mit so prächtigem Schwarz und so prächtigem Weiß, daß man sie für eine kleine Elster hätte halten können. Die Ärmste hatte einen großen Kummer, nämlich daß diese Trauer es ihr eine Zeitlang untersagte, an Gesellschaften teilzunehmen, und daß alle ihre Bewunderer sie schrecklich vermissen würden; sie hatte ein so gutes Herz, daß sie ihr deswegen furchtbar leid taten.

«Ei!» sagte sie, als sie François in Madeleines Zimmer in Papieren kramen sah, «Ihr kümmert Euch also um alles hier, Herr Müller! Ihr sorgt für das Mehl, Ihr sorgt für die Geschäfte, Ihr sorgt für den Krankentee; demnächst wird man Euch nähen und spinnen sehen...»

«Und Euch, mein Fräulein», sagte François, der deutlich merkte, daß man ihn mit gefälligem Auge betrachtete, während die Zunge ihn neckte, «Euch habe ich noch nicht spinnen oder nähen gesehen; mir scheint, daß man Euch demnächst bis um Mittag schlafen sehen wird, und Ihr tut wohl daran: Das hält die Gesichtsfarbe frisch.»

«Fürwahr, Meister François, nun sind wir schon dabei, uns vorzunehmen... Seid auf der Hut mit diesem Spiel: Ich verstehe mich auch darauf.»

«Wie es Euch beliebt, mein Fräulein.»

«Es wird mir schon belieben, nur keine Angst, schöner Müller. Aber wo steckt denn die Catherine, daß Ihr hier die Kranke hütet? Benötigt Ihr vielleicht eine Haube und einen Rock?»

«Ohne Zweifel werdet Ihr nachher einen Kittel und eine Mütze verlangen, um in die Mühle zu gehen? Denn da Ihr keine Frauenarbeit tut, die darin bestünde, ein wenig bei Eurer Schwester zu wachen, wünscht Ihr sicher, die Schütze hochzuziehen und den Mühlstein zu bedienen. Ganz nach Eurem Wunsch! Tauschen wir die Kleider.»

«Wollt Ihr mir etwa eine Lektion erteilen?»

«Nein. Ich habe sie zuerst von Euch empfangen, und deshalb gebe ich Euch aus Anstand Wurst wider Wurst.»

«Schön! Schön! Ihr liebt es, zu necken und zu scherzen. Aber Ihr wählt den Augenblick schlecht; wir haben es hier nicht lustig. Es ist noch nicht lange her, seit wir auf dem Friedhof waren, und wenn Ihr so viel schwatzt, gewährt Ihr auch meiner Schwägerin nicht die Ruhe, die sie so sehr nötig hat.»

«Eben deswegen solltet Ihr weniger laut reden, mein Fräulein; denn ich spreche recht leise mit Euch, während Ihr jetzt nicht so redet, wie es sich in einem Krankenzimmer gehört.»

«Es reicht, bitte, Meister François», sagte Mariette und senkte die Stimme, wurde aber dabei ganz rot vor Ärger; «tut mir doch den Gefallen und schaut nach, wo die Catherine steckt und warum sie meine Schwägerin Eurer Obhut überläßt.»

«Bitte um Vergebung, mein Fräulein», sagte ihr François, ohne sich im geringsten zu ereifern; «da ich sie nicht in Eurer Obhut lassen konnte, weil Ihr Euch gern aufs Ohr legt, mußte sie sich wohl oder übel der meinen anvertrauen. Und Catherine will ich jetzt wirklich nicht rufen, denn das arme Ding ist vollkommen erschöpft. Sie hat nun, mit Verlaub, fünfzehn Nächte hier gewacht. Ich habe sie ins Bett geschickt, und bis zum Mittag will ich ihre Arbeit tun und meine, denn es ist nur recht, daß man sich gegenseitig hilft.»

«Hört, Meister François», sagte die Kleine, plötzlich den Ton wechselnd, «es tönt so, als ob Ihr mir sagen wolltet, daß ich nur an mich denke und den anderen alle Mühe lasse. Vielleicht hätte ich wirklich die Nachtwache übernehmen sollen, wenn Catherine mir gesagt hätte, daß sie müde war. Aber sie hat das Gegenteil versichert, und ich hatte nicht den Eindruck, daß meine Schwägerin in so großer Gefahr schwebte. Nach alledem haltet Ihr mich offenbar für herzlos, und ich weiß nicht, wo Ihr das hernehmt. Ihr kennt mich erst seit gestern, und unser Umgang ist noch nicht vertraut genug, um Euch zu erlauben, mich auf diese Weise auszuschelten. Ihr benehmt Euch zu sehr, als wärt Ihr das Oberhaupt der Familie, und dabei...»

«...Weiter, schöne Mariette, sagt, sprecht aus, was Euch auf der Zunge liegt. Und dabei bin ich hier aus Barmherzigkeit aufgenommen und aufgezogen worden, nicht wahr! Und ich kann nicht zur Familie gehören, weil ich keine Familie habe; ich habe als Findelkind kein Anrecht darauf! Ist das alles, was Ihr mir sagen wolltet?»

Während François der Mariette so rundheraus antwortete, schaute er sie auf eine Art an, die sie bis zu den Haarwurzeln erröten ließ, denn sie merkte, daß er als strenger und sehr ernster Mann auftrat, während er zugleich eine solche Ruhe und Sanftheit offenbarte, daß es keine Möglichkeit gab, ihn zu ärgern und ihn etwas Ungerechtes denken oder sagen zu lassen.

Die arme Kleine empfand dabei so etwas wie Furcht, obwohl sie sonst durchaus zungenfertig war, und diese Art Furcht hinderte nicht, daß sie ein gewisses Verlangen empfand, diesem schönen Burschen zu gefallen, der so entschlossen sprach und so freimütig blickte. So kam es, daß sie vor lauter Beschämung und Verwirrung Mühe hatte, die Tränen zurückzuhalten, und schnell den Kopf zur Seite drehte, um ihren Gemütszustand vor ihm zu verbergen.

Aber er bemerkte ihn und sagte ihr freundschaftlich: «Ihr habt mich nicht verärgert, Mariette, und Ihr habt Eurerseits keinen Grund, verärgert zu sein. Ich denke nicht schlecht von Euch. Ich sehe nur, daß Ihr jung seid, daß das Haus in Unglück geraten ist, daß Ihr nicht darauf achtet und daß ich Euch wohl sagen muß, was ich denke.»

«Und was denkt Ihr?» versetzte sie. «So rückt doch ungesäumt heraus mit der Sprache, damit man weiß, ob Ihr es gut meint oder bös.»

«Ich denke, wenn Euch nicht daran gelegen ist, daß man sich für die geliebten Menschen sorgt und abmüht, die sich in einer mißlichen Lage befinden, dann müßt Ihr Euch abseits halten, auf alles pfeifen, nur Eure Kleider im Kopf haben, Eure Verehrer, Eure zukünftige Hochzeit, und dürft nicht ungehalten sein, wenn man hier an Eurer Statt zum Rechten sieht. Aber wenn Ihr ein Herz habt, mein schönes Kind, wenn Ihr Eure Schwägerin sowie Euren netten Neffen liebt, und auch die arme, getreue Magd, die fähig ist, wie ein gutes Pferd bis zum Tod angeschirrt zu bleiben, dann müßt Ihr ein bißchen früher aufwachen, Madeleine pflegen, Jeannie trösten, Catherine helfen und vor allen Dingen Eure Ohren vor der Feindin dieses Hauses verschließen, nämlich Madame Sévère, die eine schlechte Person ist, glaubt mir. Das also denke ich und weiter nichts.»

«Ich bin froh, es zu wissen», erwiderte Mariette ein bißchen unwirsch, «und jetzt sagt Ihr mir gefälligst noch, mit welchem Recht Ihr wünscht, daß ich gleich denke wie Ihr.»

«Oh! So ist das!» antwortete François. «Mein Recht ist das Recht des Findelkinds, und damit Ihr genau Bescheid wißt, des Kindes, das hier von Madame Blanchet aus Barmherzigkeit aufgenommen und aufgezogen wurde; aus eben diesem Grund habe ich die Pflicht, sie zu lieben wie meine Mutter, und das Recht, so zu handeln, daß sie für ihr gutes Herz belohnt wird.»

«Daran finde ich nichts zu tadeln», sagte Mariette, «und ich sehe, daß mir nichts Besseres zu tun bleibt, als Euch vorerst einmal meine Wertschätzung und mit der Zeit eine gute Freundschaft entgegenzubringen.»

«Das ist mir recht», sagte François. «So gebt mir denn die Hand.»

Er trat auf sie zu und streckte ihr ganz selbstverständlich seine große Hand entgegen. Aber unvermittelt kitzelte der Schalk der Koketterie dieses Kind Mariette, und sie zog die ihre zurück und sagte, es zieme sich nicht für ein junges Mädchen, einem jungen Mann einfach so die Hand zu geben.

François lachte darüber und ließ sie in Ruhe, denn er sah ein, daß sie nicht frischweg offen war und vor allem zu gefallen suchte. «Aber weißt du, mein schönes Kind», dachte er, «du bist schief gewickelt, und wir werden nicht auf die Art Freunde sein, wie du dir das vorstellst.»

Er ging zu Madeleine, die eben erwacht war; sie faßte seine beiden Hände und sagte: «Ich habe gut geschlafen, mein Sohn, und der liebe Gott gewährt mir die Wohltat, beim Erwachen als erstes dein Gesicht zu sehen. Aber warum ist Jeannie nicht bei dir?»

Nachdem er ihr den Grund erklärt hatte, richtete sie auch an Mariette freundliche Worte, zeigte sich besorgt, weil sie gewiß die ganze Nacht bei ihr gewacht hatte, und versicherte ihr, daß ihre Krankheit keine so großen Rücksichten erforderte. Mariette war darauf gefaßt, daß François ihr sagen werde, wie spät sie selbst erst aufgestanden war; aber François sagte kein Wort und ließ sie mit Madeleine allein, die ein wenig aufstehen wollte, weil sie sich jetzt fieberfrei fühlte.

Nach drei Tagen ging es ihr sogar schon so gut, daß sie ihre Angelegenheiten mit François besprechen konnte.

«Seid unbesorgt, liebe Mutter», sagte er ihr. «Ich bin dort drüben ein bißchen klüger geworden und verstehe mich recht gut auf die Geschäfte. Ich will Euch aus Eurer peinlichen Lage helfen, und es wird mir gelingen. Laßt mich gewähren, widersprecht meinen Worten in nichts und unterzeichnet alles, was ich Euch vorlege. Da ich mich wegen Eurer Gesundheit nicht mehr zu sorgen brauche, will ich jetzt gleich in die Stadt gehen und Rechtsauskünfte einholen. Heute ist Markttag, da begegne ich Leuten, die ich sehen möchte, und ich bin sicher, daß ich nicht vergeblich hingehe.»

Gesagt, getan. Und nachdem er sich bei den Rechtskundigen Rat und Auskunft geholt hatte, wurde ihm klar, daß die letzten Wechsel, die Blanchet der Sévère ausgestellt hatte, Grund zu einem erfolgreichen Prozeß bieten konnten; denn er hatte sie unterschrieben, als seine Sinne schon von Fieber, Wein und Unverstand verwirrt waren. Die Sévère bildete sich ein, Madeleine werde sich aus Furcht vor den Kosten nicht getrauen, zu prozessieren. François wollte Madame Blanchet nicht den Rat geben, sich auf den Ausgang eines Rechtsstreits zu verlassen, aber er gedachte die ganze Sache vernünftig mit einem Vergleich beizulegen, indem er Madeleine vorerst zu einer guten Ausgangsstellung verhalf; und da er jemanden nötig hatte, der dem Feind die Nachricht überbrachte, kam er auf einen Plan, welcher ihm vortrefflich gelang.

Er hatte die kleine Mariette seit drei Tagen hinlänglich beobachtet, um zu wissen, daß sie tagtäglich zum Gehöft von Dollins hinüberspazierte, wo die Sévère wohnte, und daß sie mit dieser Frau eine engere Freundschaft unterhielt, als ihm lieb war, und zwar vor allem, weil sie dort jungen Leuten aus ihrem Bekanntenkreis begegnete und Einheimischen, die ihr den Hof machten. Nicht daß sie ihnen Gehör schenken wollte; sie war noch ein unschuldiges Mädchen und glaubte nicht, dem Wolf so nahe beim Schafstall zu begegnen. Aber die Schmeicheleien gefielen ihr, und sie dürstete danach wie eine Fliege nach Milch. Sie hielt ihre Spaziergänge sorgfältig vor Madeleine geheim; und da Madeleine nicht mit den anderen Frauen zu klatschen pflegte und ihr Zimmer noch nicht verließ, bemerkte sie nichts und faßte keinen Verdacht. Die dicke Catherine war keine von denen, die irgend etwas erraten oder beobachten. So setzte sich die Kleine ihre Haube auf und gab vor, die Schafe aufs Feld zu führen, wo sie sie der Obhut eines Hirtenknaben überließ, um in schlechter Gesellschaft sich zur Schau zu stellen.

François, der in Geschäften der Mühle ein und aus ging, kam ihr auf die Schliche, ließ aber im Haus kein Sterbenswörtchen davon verlauten und bediente sich ihrer List, wie ich euch gleich erzählen werde.

XXI

Er stellte sich ihr an den Furt des Flusses in den Weg; und als sie den Steg betrat, der zum Gut von Dollins führt, fand sie den Champi rittlings auf der Bohle mit beidseits über dem Wasser baumelnden Beinen und dem Ausdruck eines Mannes, der es nicht im geringsten eilig hat. Sie wurde rot wie die Frucht des Hagedorns, und wenn ihr nicht die Zeit gefehlt hätte, so zu tun, als wäre sie ganz zufällig hierher gekommen, hätte sie eine andere Richtung eingeschlagen.

Aber da der Zugang zum Steg hinter dichten Zweigen verborgen lag, bemerkte sie den Wolf erst, als sie sich vor seinen Zähnen befand. Er hielt sein Gesicht ihr zugekehrt, und sie sah keine Möglichkeit, unbeobachtet vorwärts oder rückwärts zu gehen.

«Heda, Herr Müller», sagte sie und gab sich keck, «würdet Ihr nicht ein bißchen zur Seite rücken, um die Leute durchzulassen?»

«Nein, mein Fräulein», sagte François, «denn ich muß bis heute abend den Steg bewachen, und ich fordere von einem jeden einen Brückenzoll.»

«Ihr seid wohl völlig übergeschnappt, François? Hierzulande wird nichts bezahlt, und Ihr habt keinerlei Recht auf Weg oder Steg oder Weglein oder Steglein oder wie man bei Euch in Aigurande sagen mag. Aber wählt Eure Sprache, wie es Euch beliebt, und gebt den Durchgang frei, und zwar bald: Das ist nicht der Ort, um Späße zu machen; ich könnte Euretwegen ins Wasser fallen.»

«Meint Ihr denn», sagte François, ohne sich zu rühren, und kreuzte die Arme über der Brust, «ich hätte Lust, mit Euch zu spaßen, und mein Brückenzoll bestünde darin, Euch Komplimente zu machen? Schlagt Euch das aus dem Kopf, mein Fräulein: Ich will sehr vernünftig mit Euch reden, und ich gebe Euch den Durchgang frei, wenn Ihr mir erlaubt, Euch ein Stücklein Wegs zu begleiten, um mit Euch zu sprechen.»

«Das gehört sich ganz und gar nicht», sagte Mariette, ein wenig von ihrer Vorstellung erhitzt, François wolle ihr schöntun. «Was würde man im Dorf von mir denken, wenn man mich mit einem Jungen, der nicht mein Bräutigam ist, allein auf den Wegen sähe?»

«Das stimmt», erwiderte François. «Da die Sévère nicht dabei ist, um Euch die gebührende Achtung zu verschaffen, gäbe es ein Gerede; eben deshalb geht Ihr zu ihr, um mit allen Euren Brautwerbern in ihrem Garten zu spazieren. Nun gut! Um Euch keine Ungelegenheit zu machen, will ich hier mit Euch reden, und das nur kurz, denn die Sache eilt, und zwar handelt es sich um folgendes: Ihr seid ein gutes Mädchen, Ihr habt Eurer Schwägerin Madeleine Euer Herz geschenkt; Ihr seht sie in Schwierigkeiten, aus denen Ihr ihr gerne helfen möchtet, nicht wahr?»

«Wenn Ihr deswegen mit mir reden wollt, höre ich Euch an», entgegnete Mariette, «denn was Ihr da sagt, ist die Wahrheit.»

«Also gut, mein liebes Fräulein!» sagte François, indem er sich erhob und sich neben ihr an die Böschung des Brückleins lehnte. «Ihr könnt Madame Blanchet einen großen Dienst erweisen. Da Ihr Euch, wie ich glauben möchte, zu ihrem Glück und in ihrem Interesse gut mit der Sévère versteht, müßt Ihr diese Frau dazu bringen, in einen Vergleich einzuwilligen; sie verlangt zwei Dinge, die in Wirklichkeit nicht miteinander vereinbar sind: Sie will Meister Blanchets Hinterlassenschaft als Bürgschaft für die Grundstücke, die er verkauft hatte, um zu bezahlen, was er ihr schuldete; und zweitens fordert sie die Zahlung der Wechsel, die er auf ihren Namen ausgestellt hat. Sie kann diese bescheidene Hinterlassenschaft durcheinanderwirbeln und auf den Kopf stellen, soviel sie nur will, sie erreicht damit doch nicht, daß sich das darin findet, was ihr fehlt. Ihr müßt ihr also klarmachen, daß wir die Wechsel begleichen können, wenn sie nicht fordert, daß wir für die Zahlung der Grundstücke bürgen; aber wenn sie uns nicht erlaubt, uns von einer Schuld zu befreien, werden wir auch kein Geld haben, um die andere zu bezahlen, und wenn wir zu Kosten gezwungen sind, die unsere Mittel erschöpfen, ohne ihr Gewinn zu bringen, läuft sie Gefahr, alles zu verlieren.»

«Das leuchtet mir durchaus ein», sagte Mariette, «auch wenn ich nicht viel von Geschäften verstehe, aber soviel verstehe ich. Und wenn ich sie zufällig dazu bringen kann, François, was ist dann besser für meine Schwägerin, die Wechsel bezahlen oder von der Bürgschaft befreit sein?»

«Die Wechsel zu bezahlen wird am schlimmsten sein, denn es ist das Ungerechteste. Man kann gegen diese Wechsel Einspruch erheben und prozessieren; aber um zu prozessieren, braucht man Geld, und Ihr wißt, daß im Hause keines vorhanden ist und nie vorhanden sein wird. Somit ist es für Eure Schwägerin einerlei, ob alles, was ihr bleibt, in einem Prozeß draufgeht oder in einer Zahlung an die Sévère, während es für die Sévère vorteilhafter ist, bezahlt zu werden, ohne zu prozessieren. Wenn Madeleine so oder so ruiniert wird, ist es ihr lieber, alles pfänden zu lassen, was ihr noch bleibt, als nachher noch eine Schuld mitzuschleppen, die ihr ganzes Leben lang dauern kann, denn Cadet Blanchets Käufer sind keine guten Zahler; die Sévère weiß das genau, sie wird eines Tages gezwungen sein, alle diese Grundstücke zurückzunehmen, und darüber ist sie nicht unglücklich, denn es ist ein gutes Geschäft, sie so aufgewertet wiederzubekommen und eine lange Zeit hohe Zinsen daran verdient zu haben. So riskiert die Sévère nichts, wenn sie uns die Freiheit zurückgibt, und ist der Zahlung ihrer Wechsel wenigstens sicher.»

«Ich werde so handeln, wie Ihr es mir zuredet», sagte Mariette, «und wenn es mir nicht gelingt, dann verwehrt mir Eure Achtung.»

«Also dann viel Glück, Mariette, und gute Reise», sagte François und gab ihr den Weg frei.

Die kleine Mariette ging zum Gehöft von Dollins und war von Herzen froh, eine so gute Entschuldigung zu haben, um sich dort zu zeigen und lange zu bleiben und an den folgenden Tagen dorthin zurückzukehren. Die Sévère tat so, als ob ihr gefiele, was Mariette berichtete; aber im Grunde war sie entschlossen, nichts zu übereilen. Sie hatte Madeleine Blanchet nie gemocht, weil ihr Mann sie wohl oder übel hatte einigermaßen achten müssen. Sie glaubte, sie für ihr ganzes Leben in ihren Klauen zu halten, und sie hätte lieber auf die Wechsel verzichtet, deren geringer Wert ihr bewußt war, als auf das Vergnügen, sie zu peinigen, indem sie ihr die Bürgschaft für eine endlose Schuld aufzwang.

Das alles wußte François genau, und er wollte sie dazu bringen, die Bezahlung eben dieser Bodenschuld zu fordern, um Gelegenheit zu haben, Jeannies rechtmäßigen Besitz von den Leuten zurückzukaufen, die ihn sozusagen umsonst erworben hatten. Aber als Mariette ihm die Antwort brachte, erkannte er, daß man ihn mit Worten hinhielt; daß einerseits die Kleine sich nichts Besseres wünschte, als ihre Aufträge in die Länge zu ziehen, während andererseits die Sévère noch nicht soweit war,

Madeleines Verderben dringender zu wünschen als das Geld ihrer Wechsel.

Um sie mit einem Schlag dazu zu bringen, nahm er Mariette zwei Tage später beiseite und sagte ihr: «Es ist besser, heute nicht nach Dollins zu gehen, mein liebes Fräulein. Eure Schwägerin hat irgendwie erfahren, daß Ihr häufiger hingeht als sonst, und sie sagt, das sei kein Umgang für ein anständiges junges Mädchen. Ich habe versucht, ihr zu erklären, zu welchem Zweck Ihr in ihrem Interesse mit der Sévère verkehrt; aber sie hat mich ebensosehr getadelt wie Euch. Sie sagt, daß sie lieber ruiniert sein als Euch enthert sehen will und daß sie Euer Vormund ist und befugt, Macht über Euch auszuüben. Man wird Euch mit Gewalt am Ausgehen hindern, wenn Ihr nicht freiwillig darauf verzichtet. Sie wird die Sache nicht erwähnen, wenn Ihr nicht mehr hingeht, denn sie will Euch keinen Kummer machen, aber sie ist sehr ungehalten über Euch, und es wäre wünschenswert, daß Ihr sie um Verzeihung bittet.»

Kaum hatte François den Hund losgelassen, als er auch schon zu kläffen und zu beißen begann. Er hatte die Wesensart der kleinen Mariette richtig eingeschätzt, die überstürzt handelte und aufbrausend war wie ihr verstorbener Bruder.

«Ei gewiß und wahrhaftig!» rief sie. «Wir werden einer Schwägerin gehorchen wie ein dreijähriges Kind! Man könnte ja meinen, sie sei meine Mutter und ich sei ihr Botmäßigkeit schuldig! Wie kommt sie überhaupt darauf, daß ich meine Ehre verliere! Sagt ihr doch bitte, daß sie ebenso sicher verwahrt ist wie die ihre oder vielleicht noch besser. Und was weiß sie überhaupt von der Sévère, die nicht schlechter ist als irgendeine andere Frau? Ist man unsittlich, nur weil man nicht den ganzen Tag mit Nähen und Spinnen und Beten verbringt? Meine Schwägerin ist ungerecht, weil sie Geldgeschichten mit ihr hat und sich für befugt hält, ihr alles mögliche nachzusagen. Das ist unvorsichtig von ihr; denn wenn die Sévère wollte, könnte sie sie aus dem Haus jagen, wo sie wohnt; und gerade eben daß die Sévère dies nicht tut und sich in Geduld faßt, ist der Beweis dafür, daß sie weniger schlecht ist, als es von ihr heißt. Und ich, die ich mich aus lauter Gefälligkeit um ihre Streitigkeiten kümmere, die mich nichts angehen, ich werde zum Dank dafür so behandelt! Wirklich, François, wirklich! Glaubt mir, daß die Frauen, die einen am gröbsten anfahren, nicht unbedingt die sittsamsten sind und daß ich genausowenig unrecht tue, wenn ich zur Sévère gehe, wie wenn ich hierbleibe.»

«Wer weiß!» sagte François, der den Kessel zum Überschäumen bringen wollte. «Eure Schwägerin ist vielleicht nicht so sehr im Irrtum, wenn sie denkt, daß Ihr dort nicht recht tut. Und zudem, Mariette, stelle ich fest, daß Ihr es allzu eilig habt, dorthin zu gehen! Das gehört sich nicht. Was Ihr wegen Madeleines Angelegenheit zu sagen hattet, ist gesagt, und wenn die Sévère nicht darauf antwortet, dann ganz einfach, weil sie nicht darauf antworten will. Geht also nicht mehr hin, glaubt mir, oder ich muß wie Madeleine denken, daß Ihr nicht mit guten Absichten hingeht.»

«Ihr habt also beschlossen, Meister François», versetzte Mariette wutentbrannt, «auch mir gegenüber den Herrn zu spielen? Ihr haltet Euch hier für das Familienoberhaupt und den Stellvertreter meines Bruders? Ihr habt noch nicht genug Barthaare um Euren Schnabel, um mir Predigten zu halten, und ich rate Euch, mich in Frieden zu lassen. Eure ergebene Dienerin», fügte sie noch hinzu, während sie ihre Haube zurechtrückte. «Wenn meine Schwägerin nach mir fragt, könnt Ihr sagen, daß ich bei der Sévère bin, und wenn sie Euch schickt, um mich zu holen, werdet Ihr schon sehen, wie man Euch empfängt!»

Daraufhin warf sie mit lautem Krach den Türriegel zu und begab sich leichtfüßig nach Dollins; aber da François befürchtete, ihr Zorn könne unterwegs abkühlen, zumal es draußen eisig kalt war, ließ er ihr einen kleinen Vorsprung und nahm dann, als sie in die Nähe des Hauses der Sévère gelangte, seine langen Beine hervor und lief wie ein Pferd, das sich von der Spannkette losgerissen hat, und holte sie ein, um in ihr den Glauben zu erwekken, Madeleine habe ihn ihr auf die Fersen gesetzt.

Er plagte sie so lange mit seinen Sticheleien, bis sie die Hand gegen ihn erhob. Aber er wich ihren Schlägen aus, weil er wußte, daß der Zorn mit den Hieben verfliegt und daß eine Frau, die schlägt, damit ihren Ärger los wird. Er ließ sie stehen, und sobald Mariette bei der Sévère war, fing ein großes Gezeter an. Nicht daß die arme Kleine schlechte Absichten gehabt hätte; nur brannte ihre Wut so heftig, daß sie sie nicht verbergen konnte, und sie versetzte die Sévère in einen solchen Zorn, daß François, der sich gemächlich durch den Hohlweg entfernte, die beiden vom anderen Ende des Hanffelds aus keifen und zischen hörte wie Feuer in einer Scheune voll Stroh.

XXII

Die Sache gelang nach seinem Wunsch, und er
war seiner so sicher, daß er am folgenden Tag nach
Aigurande ging, um beim Pfarrer sein Geld zu holen, und in der Nacht mit seinen vier feinen Papier-
chen zurückkehrte, die so großen Wert besaßen und
doch in seiner Tasche nicht lauter raschelten als ein
Brosamen in einer Mütze. Nach acht Tagen erhielt
man Nachricht von der Sévère. Alle Käufer von
Blanchets Grundstücken wurden aufgefordert, zu
zahlen; keiner konnte es, und Madeleine stand in
Gefahr, an ihrer Statt zahlen zu müssen.

Als sie dies erfuhr, wurde sie von großer Furcht
befallen, denn François hatte ihr noch nichts verraten.

«Fein!» sagte er und rieb sich die Hände. «Es gibt
keinen Kaufmann, der immer gewinnt, und keinen
Dieb, der immer stiehlt. Madame Sévère wird ein
schönes Geschäft verpassen, und Ihr macht dafür
ein gutes. Es tut nichts zur Sache, liebe Mutter;
stellt Euch nur so, als glaubtet Ihr Euch verloren.
Je größer Eure Verzweiflung erscheint, desto freu-
diger wird sie tun, was uns zum Schaden gereichen
soll. Aber dieser Schaden ist Euer Heil, denn indem
Ihr die Sévère bezahlt, gewinnt Ihr das ganze Erbe
Eures Sohnes zurück.»

«Und womit soll ich das denn bezahlen, mein
Junge?»

«Mit dem Geld, das ich in der Tasche habe und
das Euch gehört.»

Madeleine wollte es nicht annehmen; aber der

Champi hatte einen harten Schädel, so sagte er, und man konnte ihm nicht entreißen, was er einmal darin eingeschlossen hatte. Er eilte zum Notar, um im Namen der Witwe Blanchet zweihundert Pistolen zu hinterlegen, und die Sévère erhielt tatsächlich ihr Geld, ob sie nun wollte oder nicht, genau wie die übrigen Gläubiger des Nachlasses, die mit ihr gemeinsame Sache machten.

Und nachdem alles so weit gediehen war, daß François sogar die armen Käufer für ihre Leiden entschädigt hatte, blieb ihm noch genug, um zu prozessieren, und er ließ die Sévère wissen, daß er wegen der Wechsel, die sie dem Verstorbenen betrügerisch abgelistet hatte, einen ordentlichen Prozeß anstrengen werde. Er verbreitete ein Märchen, das nun landauf, landab eifrig herumerzählt wurde, nämlich daß er beim Aufbrechen einer alten Mauer der Mühle, in die er einen Stützbalken einziehen wollte, die Ersparnisse der alten Mutter Blanchet gefunden habe, lauter schöne Louisdors alter Prägung, und daß Madeleine dank diesem Fund nunmehr reicher war denn je zuvor. Des Kampfes müde, erklärte die Sévère sich zu einem Vergleich bereit, wobei sie hoffte, François habe einen Teil dieser so im richtigen Augenblick gefundenen Taler in die eigene Tasche gesteckt, und wenn sie ihm nur ein wenig schmeichelte, werde sie mehr davon zu sehen bekommen, als er vorzeigte. Aber es war verlorene Liebesmüh, und er drang so auf sie ein, daß sie die Wechsel gegen hundert Taler herausgab.

Um sich nun ihrerseits zu rächen, hetzte sie die kleine Mariette auf und setzte ihr in den Kopf, daß die Ersparnisse der alten Blanchet eigentlich zwischen ihr und Jeannie hätten geteilt werden sollen, daß sie ein Anrecht darauf hatte und daß sie darum einen Prozeß gegen ihre Schwägerin anstrengen mußte.

Nun sah das Findelkind sich also gezwungen, die Wahrheit über die Herkunft des Geldes zu sagen, das er zur Verfügung gestellt hatte, und der Pfarrer von Aigurande sandte ihm die entsprechenden Beweise für den Fall eines Prozesses.

Zunächst zeigte er Mariette diese Beweise und bat sie, nichts unnötig darüber verlauten zu lassen; und er machte ihr klar, daß ihr nichts anderes übrigblieb, als Ruhe zu geben. Aber Mariette besaß durchaus keine Ruhe mehr. Ihr Hirn hatte in diesem ganzen Familienaufruhr Feuer gefangen, und das arme Kind wurde vom Teufel versucht. Ungeachtet der Güte, die Madeleine ihr immer bewiesen hatte, indem sie sie wie ihre eigene Tochter behandelte und ihr alle Launen durchgehen ließ, hatte sie gegen ihre Schwägerin eine Abneigung gefaßt und zudem eine Eifersucht, die sie aus Scham nie auch nur mit einem Sterbenswörtchen zugegeben hätte. Aber das Sterbenswörtchen lautete eben so, daß sie sich ungeachtet all ihrer Streitereien mit François und ihrer Wutanfälle allmählich in ihn verliebt hatte, ohne sich vor dem Streich zu hüten, den der Teufel ihr spielte. Je mehr der junge Müller sie wegen ihrer Grillen und Fehler ausschalt, desto mehr war sie darauf versessen, ihm zu gefallen.

Sie war kein Mädchen, das vor Kummer vertrocknet oder sich in Tränen auflöst; aber der Gedanke ließ ihr keine Ruhe, daß François ein so schöner Bursche war, so reich, so redlich, so gut zu allen Leuten, so geschickt in seinem Benehmen, so beherzt, daß er ein Mann war, der seinen letzten Blutstropfen für den von ihm geliebten Menschen hingeben würde, und daß das alles nicht für sie bestimmt war, die doch behaupten durfte, weit und breit die Schönste und die Reichste zu sein, und die ihre Liebhaber schaufelweise einsammeln konnte.

Eines Tages eröffnete sie ihr Herz ihrer falschen Freundin, der Sévère. Das geschah auf einer mageren, von Hecken umgebenen Weide am Ende des Wegs zu den Napes. Dort befindet sich ein alter Apfelbaum, der in voller Blüte stand, denn diese ganzen Geschichten dauerten schon so lange, daß es inzwischen Mai geworden war und Mariette ihre Schafe am Rand des Flusses hütete, wo die Sévère sich unter dem Apfelbaum zu ihr gesellte, um mit ihr zu plaudern.

Aber der liebe Gott fügte es, daß François sich ebenfalls in der Nähe befand und ihre Reden mitanhörte, denn als er die Sévère die Weide betreten sah, ahnte er gleich, daß sie etwas gegen Madeleine anzetteln wollte; und da das Wasser im Fluß niedrig war, ging er sachte den Rand entlang, wo die Büsche ihn verbargen, die dort so hoch sind, daß ein ganzer Heuwagen ungesehen vorbeikommen könnte. Als er die Stelle erreicht hatte, setzte er sich geräuschlos in den Sand und spitzte die Ohren.

Und nun hört, wie diese beiden tüchtigen Weiberzungen arbeiteten. Zunächst hatte Mariette gestanden, daß ihr von all ihren Liebhabern keiner gefiel, weil es da einen Müller gab, der gar nicht lieb zu ihr war und doch der einzige, der ihr den Schlaf raubte. Aber die Sévère hatte die Absicht, sie mit einem Burschen zu verheiraten, den sie kannte und der sehr auf sie erpicht war, so sehr, daß er der Sévère ein großes Hochzeitsgeschenk versprochen hatte, wenn sie die Heirat mit der kleinen Blanchet bewerkstelligte. Es scheint sogar, daß die Sévère sich von ihm wie von mehreren anderen schon im voraus ein Handgeld hatte auszahlen lassen. So gab sie sich denn redlich Mühe, Mariette von François abzubringen.

«Pfui über den Champi!» sagte sie. «Wie denn, Mariette, ein Mädchen Eures Standes wollte ein Findelkind heiraten? Wollt Ihr denn Madame la Fraise heißen? Denn das ist sein wirklicher Name. Ich müßte mich ja für Euch schämen, Ihr armes Wurm. Und das ist noch das wenigste: Ihr wärt gezwungen, ihn Eurer Schwägerin streitig zu machen, denn er ist ihr Geliebter, so wahr wie wir beide hier alleine sind.»

«Was das angeht, Sévère», rief Mariette entsetzt, «das habt Ihr mir mehr als einmal zu verstehen gegeben; aber ich kann es einfach nicht glauben; meine Schwägerin ist in einem Alter...»

«Nein, nein, Mariette, Eure Schwägerin ist nicht in einem Alter, in dem sie darauf verzichten kann; sie ist erst dreißig, und dieses Findelkind war noch ein kleiner Junge, als Euer Bruder ihn schon in großer Vertraulichkeit mit seiner Frau überrascht hat. Deswegen hat er ihn eines Tages tüchtig mit dem Peitschenstiel durchgeprügelt und fortgejagt.»

François hatte große Lust, durch die Büsche zu springen und der Sévère zu sagen, daß sie log, aber er bezwang sich und verhielt sich still.

Und nun schwindelte die Sévère das Blaue vom Himmel herunter und erfand so viele häßliche Gemeinheiten, daß François' Gesicht brannte und er die größte Mühe hatte, die Geduld nicht zu verlieren.

«In dem Fall», sagte Mariette, «wird er versuchen, sie zu heiraten, da sie jetzt Witwe ist: Er hat ihr schon einen guten Teil seines Geldes gegeben;

sicher will er zumindest die Nutznießung des Besitzes haben, den er zurückgekauft hat.»

«Aber dieser Leichtsinn wird ihn teuer zu stehen kommen», versetzte die andere; «denn nachdem Madeleine ihn jetzt ausgeplündert hat, sucht sie sich einen Reicheren, und sie wird ihn finden. Sie hat auf jeden Fall einen Mann nötig, um ihr Gut zu bewirtschaften, und bis sie den passenden gefunden hat, behält sie diesen großen Dummkopf, der ihr unentgeltlich dient und ihr die Langeweile des Witwenstandes vertreibt.»

«Wenn sie ein solches Leben führt», sagte Mariette zutiefst empört, «dann bin ich wirklich in einem höchst ehrbaren Haus, und meine Sittsamkeit ist keiner Gefahr ausgesetzt! Seid Ihr Euch bewußt, meine gute Sévère, daß ich dort in gar schlechter Gesellschaft bin und daß man mir übel nachreden wird? Dort kann ich wirklich nicht bleiben, und ich muß ausziehen. Ja, wahrhaftig! Da hätten wir die richtigen Frömmlerinnen, die an allem etwas Böses finden und nur vor Gott unverschämt sind! Ich will ihr raten, noch einmal schlecht von Euch oder von mir zu reden! Nun gut! Ich sage ihr ade und ziehe zu Euch; und wenn sie deswegen böse wird, bleibe ich ihr keine Antwort schuldig; und wenn sie mich zwingen will, zu ihr zurückzukehren, gehe ich vor Gericht und stelle sie vor allen Leuten bloß, versteht Ihr?»

«Es gibt ein besseres Mittel, Mariette, nämlich möglichst bald zu heiraten. Sie wird ihre Zustimmung nicht verweigern, denn ich bin sicher, daß sie es eilig hat, Euch loszuwerden. Ihr stört ihren Umgang mit dem schönen Champi. Aber Ihr dürft nicht säumen, seht, denn man würde sagen, daß er es mit Euch beiden treibt, und dann würde Euch niemand mehr heiraten wollen. Also heiratet und nehmt den, den ich Euch anrate.»

«Einverstanden!» sagte Mariette und zerbrach mit einem mächtigen Schlag ihren Hirtenstab am Apfelbaum. «Ich gebe Euch mein Wort. Holt ihn, Sévère; er soll heute abend ins Haus kommen und um mich anhalten, und das Aufgebot soll am nächsten Sonntag verkündet werden.»

XXIII

Nie war François trauriger gewesen als beim Verlassen der Uferböschung, wo er im verborgenen dieses Weibergeschwätz mitangehört hatte. Es lastete auf seinem Herzen wie ein Felsbrocken, und mitten auf dem Heimweg verlor er beinahe den Mut, ins Haus zurückzukehren, und er ging auf dem Feldweg zu den Napes und setzte sich am anderen Ende der Wiese in dem Eichenwäldchen nieder.

Als er sich ganz allein dort befand, fing er an zu weinen wie ein Kind, und sein Herz zersprang vor Kummer und vor Scham; denn er fühlte sich von diesen Anwürfen zutiefst beschämt, und auch von dem Gedanken, daß seiner armen lieben Freundin Madeleine, die er sein Leben lang so redlich und so ergeben geliebt hatte, aus seinem Dienst und seiner guten Absicht nur der Schimpf erwachsen sollte, von den bösen Zungen verleumdet zu werden.

«Mein Gott! Mein Gott!» murmelte er in seinem Selbstgespräch vor sich hin, «ist es möglich, daß die Welt so schlecht ist und daß eine Frau wie die Sévère unverschämt genug sein kann, die Ehre einer Frau wie meine liebe Mutter mit ihrer eigenen Elle zu messen? Und dieses junge Ding, Mariette, die von Natur aus zur Unschuld und Wahrheit neigen sollte, ein Kind, das noch nicht weiß, was das Böse ist, schenkt nun doch den Einflüsterungen des Teufels Gehör und glaubt daran, als hätte es seine Gewalt schon an sich erfahren! Wenn dem so ist, werden auch andere daran glauben, und da die meisten

Sterblichen an das Böse gewöhnt sind, wird sozusagen alle Welt überzeugt sein, daß ein Liebesverhältnis dahinter steckt, wenn ich Madame Blanchet liebhabe und sie mich liebhat.»

Daraufhin begann der arme François sein Gewissen zu erforschen und sich in nachdenklicher Selbstprüfung zu fragen, ob er an der schlechten Meinung, die Madame Sévère von Madeleine hegte, völlig unschuldig war, ob er in allem richtig gehandelt und ob er nicht ganz ungewollt, aus Mangel an Vorsicht und Zurückhaltung, zu schlechten Gedanken Anlaß gegeben hatte. Er forschte umsonst, er fand keine einzige Gelegenheit, bei der er derlei Vermutungen Vorschub geleistet hätte, schon nur, weil ein solcher Gedanke ihn nie gestreift hatte.

Und dann sagte er sich in seinem Sinnen und Grübeln noch: «Oh! Und selbst wenn meine Zuneigung sich in Liebe verwandelt hätte, was könnte der liebe Gott heute Böses dabei finden, da sie jetzt Witwe ist und es ihr freisteht, zu heiraten? Ich habe ihr einen beträchtlichen Teil meines Vermögens geschenkt, ihr und Jeannie. Aber mir bleibt noch genug, um eine gute Partie zu sein, und sie würde ihrem Sohn keinen Schaden zufügen, wenn sie mich zum Mann nähme. Es wäre also nicht selbstsüchtig von mir, dies zu wünschen, und niemand könnte ihr einreden, ich liebte sie aus Habgier. Ich bin ein Findelkind, aber ihr macht das gar nichts aus. Sie hat mich wie ihren Sohn geliebt, das ist die stärkste aller Zuneigungen, sie könnte mich gewiß auch noch anders lieben. Ich sehe, daß ihre Feinde mich zwingen werden, sie zu verlassen, wenn ich sie nicht heirate; und ehe ich sie nochmals verlasse, will ich lieber sterben. Übrigens hat sie mich noch nötig, und es wäre feige von mir, sie im Stich zu lassen, solange sie so in Schwierigkeiten steckt, während ich doch meine eigenen Hände und zudem mein Geld besitze, um ihr zu helfen. Ja, alles, was mein ist, soll ihr gehören, und da sie oft davon redet, nach und nach ihre Schuld mir gegenüber abzutragen, muß ich ihr diesen Gedanken austreiben, indem ich mit der Erlaubnis Gottes und des Gesetzes alles zu gemeinsamem Gut mache. Wohlan, sie muß ihrem Sohn zuliebe ihren guten Ruf behalten, und nur die Ehe wird sie davor bewahren, ihn zu verlieren. Wie ist es nur möglich, daß ich noch nicht von selbst auf diesen Gedanken gekommen war und daß es einer Lästerzunge bedurft hat, um es mir zu erklären? Ich war zu einfältig und zu vertrauensselig, und meine arme Mutter ist so gütig zu den anderen, daß es sie nicht kümmert, wenn ihr selbst ein Schaden daraus erwächst. In der Tat, die göttliche Vorsehung hat alles zum besten bestellt, und indem Madame Sévère etwas Böses aushecken wollte, hat sie mir den Dienst erwiesen, mir meine Pflicht zu zeigen.»

Und ohne sich weiter darüber aufzuhalten oder mit sich zu Rate zu gehen, begab François sich wieder auf den Weg; er war fest entschlossen, Madame Blanchet ungesäumt von seiner Absicht zu unterrichten und sie kniefällig zu bitten, ihn im Namen des lieben Gottes und für das ewige Leben als ihre Stütze anzunehmen.

Aber als er nach Cormouer kam, sah er Madeleine, die unter der Haustür saß und Wolle spann, und zum erstenmal in seinem Leben machte ihr Anblick einen Eindruck auf ihn, der ihn ganz ängstlich stimmte und seine Sinne verwirrte. Während er sonst geradenwegs auf sie zuzugehen pflegte, sie mit weit offenen Augen anschaute und sie fragte, ob sie sich wohl fühlte, blieb er auf dem Brücklein stehen, als prüfte er die Schleuse der Mühle, und blickte sie von der Seite an. Und als sie ihm das Gesicht zuwandte, drehte er sich nach der anderen Seite und wußte selbst nicht, was mit ihm los war und weshalb es ihm jetzt so schwerfiel, etwas zu gestehen, das ihm einen Augenblick zuvor noch so redlich und passend vorgekommen war.

Da rief Madeleine ihn und sagte: «Komm doch ein bißchen zu mir, mein François, denn ich habe mit dir zu reden. Wir sind ganz allein, komm, setz dich neben mich und öffne mir dein Herz wie dem Priester, der uns die Beichte abnimmt, denn ich will, daß du mir die Wahrheit sagst.»

François fühlte sich von diesen Worten Madeleines ganz getröstet, und als er neben ihr saß, sprach er: «Ihr dürft gewiß sein, liebe Mutter, daß ich Euch mein Herz geschenkt habe wie Gott und daß ich Euch die Wahrheit sagen werde wie in der Beichte.»

Und er stellte sich vor, daß sie vielleicht irgendwelche Bemerkungen gehört hatte, die sie auf den gleichen Gedanken brachten wie ihn, und darüber freute er sich sehr und harrte erwartungsvoll auf ihre Worte.

«François», sagte sie, «du bist jetzt in deinem einundzwanzigsten Jahr und kannst daran denken, einen Hausstand zu gründen. Oder bist du anderer Ansicht?»

«Nein, nein, ich habe keine andere Ansicht als Ihr», antwortete François und wurde vor Freude feuerrot; «sprecht weiter, meine liebe Madeleine.»

«Gut!» sagte sie. «Diese Antwort habe ich erwartet, und ich bin ziemlich sicher, daß ich erraten habe, was für dich am besten paßt. Also gut! Da du dieser Ansicht bist, bin ich es ebenfalls, und vielleicht hätte ich noch vor dir daran gedacht. Nur wollte ich erst wissen, ob die betreffende Person dich liebgewinnen würde, und ich möchte schwören, daß dies bald soweit sein wird, wenn es nicht bereits der Fall sein sollte. Hast du nicht diesen Eindruck, und willst du mir sagen, wie es zwischen euch steht?... Aber was ist denn, warum schaust du mich so entgeistert an? Drücke ich mich nicht deutlich aus? Doch ich sehe, daß du zu schüchtern bist und daß ich dir zu Hilfe kommen muß. Nun denn! Sie hat den ganzen Vormittag geschmollt, die arme Kleine, weil du sie gestern mit deinen Worten ein wenig geneckt hast, und vielleicht bildet sie sich ein, daß du sie nicht liebst. Aber ich habe schon gemerkt, daß du sie liebhast, und wenn du sie wegen ihrer kleinen Grillen ein wenig tadelst, dann ist es nur, weil du ein bißchen eifersüchtig bist. Du darfst dich nicht dabei aufhalten, François. Sie ist jung und hübsch, das hat seine Gefahren, aber wenn sie dich richtig liebt, wird sie unter deiner Führung gar bald vernünftig.»

«Ich möchte gerne wissen», sagte François sehr niedergeschlagen, «von wem Ihr eigentlich sprecht, liebe Mutter, denn ich werde überhaupt nicht klug daraus.»

«Ach, wirklich?» sagte Madeleine. «Du weißt es nicht? Habe ich das am Ende geträumt, oder möchtest du ein Geheimnis vor mir daraus machen?»

«Ein Geheimnis vor Euch?» fragte François und faßte Madeleines Hand; und danach ließ er ihre Hand los und ergriff einen Zipfel ihrer Schürze, den er zerknitterte, als wäre er ein wenig verärgert, und dann an seine Lippen führte, als wollte er ihn küssen, und schließlich fallen ließ wie zuvor die

Hand, denn er fühlte sich den Tränen nahe, einem Zornausbruch, einem Schwindelanfall, und das alles rasch hintereinander.

«Komm», sagte Madeleine verwundert, «etwas grämt dich, mein Junge, was beweist, daß du verliebt bist und daß die Sache sich nicht so gut anläßt, wie du möchtest. Aber ich versichere dir, daß Mariette ein gutes Herz hat und daß auch sie leidet, und wenn du ihr offen sagst, was du denkst, wird sie dir bestimmt ihrerseits sagen, daß sie nur an dich denkt.»

François stand wortlos auf, ging ein wenig im Hof hin und her und kehrte dann zu Madeleine zurück.

«Was Ihr Euch da habt einfallen lassen, erstaunt mich sehr, Madame Blanchet; ich jedenfalls habe nie daran gedacht, und ich weiß genau, daß Mademoiselle Mariette weder Zuneigung noch Achtung für mich empfindet.»

«Unsinn!» sagte Madeleine. «Das meinst du nur vor lauter Liebeskummer, du armer Junge! Habe ich etwa nicht gesehen, wie du lange Gespräche mit ihr geführt und ihr Worte gesagt hast, die ich nicht verstehen konnte, die sie aber sehr gut zu verstehen schien, da sie so rot wurde wie eine Kohle im Feuer? Sehe ich etwa nicht, daß sie alle Tage die Weide verläßt und ihre Herde dem einen oder anderen zu hüten gibt? Unser Getreide leidet ein wenig darunter, und ihre Schafe gewinnen dabei; aber schließlich will ich sie nicht ärgern und von Schafen reden, wenn ihr Kopf nur von Gedanken an Liebe und Heirat erfüllt ist. Das arme Kind ist in einem Alter, in dem man seine Schäflein schlecht und sein Herz noch schlechter hütet. Aber es ist ein großes Glück für sie, François, daß sie sich nicht in einen jener Taugenichtse verliebt hat, deren Bekanntschaft sie bei der Sévère machen konnte und die ich fürchtete, sondern daß sie soviel Verstand gehabt hat, ihr Herz an dich zu hängen. Es ist auch für mich ein großes Glück, zu denken, daß du meine Schwägerin heiratest, die ich beinahe als meine eigene Tochter betrachte, und somit in meiner Nähe leben und wohnen wirst, daß du zu meiner Familie gehörst und daß ich dir all das Gute, das du mir erwiesen hast, ein wenig vergelten kann, indem ich euch Obdach gebe, mit euch arbeite und eure Kinder aufziehe. Ich bitte dich deshalb, das Glück, das ich mir mit diesen Vorstellungen in meinen Gedanken erbaue, nicht mit Albernheiten zu zerstören. Du mußt klarsehen und dich von jeglicher Eifersucht heilen. Wenn Mariette sich gerne schönmacht, dann nur, um dir zu gefallen. Wenn sie in letzter Zeit ein bißchen faul ist, dann nur, weil sie zuviel an dich denkt; und wenn sie mir manchmal ein bißchen forsch gegenübertritt, dann nur, weil deine Sticheleien sie verdrießen und sie nicht weiß, an wem sie ihren Unmut auslassen soll. Aber der Beweis, daß sie gut ist und artig sein will, findet sich darin, daß sie deine Besonnenheit und deine Güte erkannt hat und dich zum Mann will.»

«Ihr seid so gut, liebe Mutter», sagte François tieftraurig. «Ja, Ihr seid der gute Mensch, weil Ihr an die Güte der anderen glaubt und getäuscht werdet. Aber ich sage Euch meinerseits, wenn Mariette ebenfalls gut ist, was ich nicht abstreiten will, um ihr nicht in Euren Augen zu schaden, dann ist sie es auf eine Weise, die keinerlei Ähnlichkeit mit Eurer eigenen besitzt und mir aus eben diesem Grunde keine Spur gefällt. Sprecht mir also nicht mehr von ihr. Ich schwöre Euch bei meiner Treue und bei meiner Ehre, meinem Blut und meinem Leben, daß ich ebensowenig in sie verliebt bin wie in die alte Catherine und daß es ein Unglück für sie wäre, wenn sie ihr Augenmerk auf mich gerichtet hätte, denn ich könnte ihre Gefühle überhaupt nicht erwidern. Versucht also nicht, sie sagen zu lassen, daß sie mich liebt: Eure Klugheit beginge einen Fehler, und Ihr würdet sie zu meiner Feindin machen. Hört vielmehr, was sie Euch heute abend sagen wird, und erlaubt ihr, Jean Aubard zu heiraten, für den sie sich entschlossen hat. Sie soll auch möglichst bald heiraten, denn sie ist in Eurem Hause nicht an ihrem Platz. Es gefällt ihr nicht hier, und Ihr werdet keine Freude an ihr erleben.»

«Jean Aubard!» rief Madeleine. «Der ist doch nichts für sie; er ist dumm, und sie hat zuviel Witz, um sich einem Mann zu unterwerfen, der gar keinen hat.»

«Er ist reich, und sie wird sich ihm nicht unterwerfen. Sie wird ihn an der Nase herumführen, und er ist durchaus der richtige Mann für sie. Wollt Ihr Eurem Freund vertrauen, liebe Mutter? Ihr wißt, daß ich Euch bis zur Stunde nicht schlecht beraten habe. Laßt dieses junge Ding ziehen, das Euch nicht liebt, wie Euch gebührt, und das Euch nicht nach Eurem wahren Wert schätzt.»

«Aus dir spricht der Kummer, François», sagte Madeleine und legte ihm die Hand auf den Kopf, welchen sie ein wenig schüttelte, als wollte sie die Wahrheit aus ihm herausschütteln.

Aber François wurde richtig böse, weil sie ihm nicht glauben wollte; er wich zurück, und zum erstenmal in seinem Leben geriet er in Streit mit ihr und sprach mit ärgerlicher Stimme: «Madame Blanchet, Ihr seid ungerecht mit mir. Ich sage

Euch, daß dieses Mädchen Euch nicht liebt. Ihr zwingt mich gegen meinen Willen, Euch das zu sagen; denn ich bin nicht hierher gekommen, um Zwietracht und Mißtrauen zu säen. Aber schließlich, wenn ich es sage, so deshalb, weil ich die Gewißheit besitze; und danach meint Ihr noch, daß ich sie liebe? Wahrhaftig, dann habt Ihr mich nicht mehr lieb, denn sonst würdet Ihr mir Glauben schenken.»

Und von seinem Gram völlig verstört, ging er zum Brunnen, um dort ganz allein zu weinen.

XXIV

Madeleine war noch ratloser als François, und sie wäre gerne zu ihm gegangen, um ihn weiter auszufragen und ihn zu trösten; aber sie wurde von Mariette daran gehindert, die mit einem merkwürdigen Ausdruck daherkam, um zu ihr von Jean Aubard zu sprechen und ihr mitzuteilen, daß er um sie anhalten werde. Madeleine konnte sich noch immer nicht aus dem Kopf schlagen, daß dies alles das Ergebnis eines Streits zwischen Verliebten war, und sie unternahm den Versuch, ihr etwas von François zu sagen. Darauf entgegnete Mariette in einem Ton, der Madeleine recht weh tat und den sie nicht verstehen konnte: «Sollen doch die Frauen, die Findelkinder lieben, sie zu ihrem Vergnügen behalten; was mich betrifft, so bin ich ein anständiges Mädchen, und wenn auch mein armer Bruder tot ist, so ist das kein Grund, daß ich meine Ehre beleidigen lasse. Ich bin ganz auf mich gestellt, Madeleine, und wenn das Gesetz mich zwingt, Euch um Rat zu fragen, zwingt es mich nicht, Euch Gehör zu schenken, wenn Ihr mich schlecht beratet. Ich bitte Euch also, jetzt nicht wider mich zu sein, denn ich könnte später wider Euch sein!»

«Ich weiß nicht, was in Euch gefahren ist, mein armes Kind», bemerkte Madeleine mit unendlicher Sanftheit und Traurigkeit; «Ihr redet mit mir, als hättet Ihr für mich weder Achtung noch Zuneigung. Ich glaube, Ihr habt im Augenblick irgendeinen Verdruß, der Eure Gedanken verwirrt; ich bitte Euch deshalb, Euch zwei oder drei Tage Bedenkzeit zu nehmen, ehe Ihr Euch entschließt. Ich werde Jean Aubard sagen, er solle wiederkommen, und wenn Ihr noch gleichen Sinnes seid, nachdem Ihr ein wenig nachgedacht und Euch beruhigt habt, lasse ich Euch frei, ihn zu heiraten, denn er ist ein anständiger und ziemlich reicher Mann. Aber im Augenblick überwallt Euch eine Hitzigkeit, die Euch hindert, Euch selbst zu kennen, und die Euer Urteil vor der Zuneigung verblendet, die ich Euch entgegenbringe. Das betrübt mich tief, aber da ich sehe, daß Ihr ebenfalls betrübt seid, vergebe ich es Euch.»

Mariette machte eine Kopfbewegung, die besagen sollte, wie gering sie diese Vergebung schätzte; und sie ging hinaus, um ihre seidene Schürze umzubinden und so Jean Aubard zu empfangen, der eine Stunde später mit der dicken, sonntäglich gekleideten Sévère erschien.

In diesem Augenblick kam es Madeleine in den Sinn, daß Mariette ihr vielleicht wirklich schlecht gesinnt war, da sie für eine Angelegenheit, die nur die Familie anging, eine Frau ins Haus brachte, die ihre Feindin war und die sie nicht sehen konnte, ohne zu erröten. Sie begegnete ihr indessen sehr höflich und bot ihr Erfrischungen an, ohne den geringsten Ärger oder Groll zu zeigen. Sie befürchtete, daß Mariette vollends aus dem Häuschen geriet, wenn sie ihr Hindernisse in den Weg legte. Sie sagte also, daß sie sich den Absichten ihrer Schwägerin nicht widersetzte, daß sie jedoch drei Tage Bedenkzeit verlangte, um endgültigen Bescheid zu geben.

Darauf sagte die Sévère ihr voller Unverschämtheit, das sei sehr lange. Und Madeleine erwiderte ganz ruhig, das sei sehr kurz. Daraufhin zog Jean

Aubard sich blöde und wie ein Einfaltspinsel lachend zurück, denn er zweifelte nicht daran, daß Mariette nach ihm verrückt war. Er hatte für diese Überzeugung bezahlt, und die Sévère sorgte dafür, daß er nicht um sein Geld betrogen wurde.

Im Weggehen sagte sie zu Mariette, sie habe zu Hause einen Fladen und Pfannkuchen backen lassen, um die Verlobung zu feiern, und auch wenn Madame Blanchet die offizielle Verlobung verzögerte, müßten die guten Sachen gegessen werden. Madeleine wollte einwenden, daß es sich für ein junges Mädchen nicht schickte, mit einem Jungen zu gehen, der die Zustimmung der Familie noch nicht erhalten hatte.

«In dem Fall will ich nicht», sagte Mariette sehr aufgebracht.

«Aber doch, aber doch, Ihr müßt kommen», sagte die Sévère; «seid Ihr nicht Eure eigene Herrin?»

«Nein, nein», entgegnete Mariette; «Ihr seht ja selbst, daß meine Schwägerin mir befiehlt, hierzubleiben.»

Und sie ging in ihr Zimmer und warf die Tür zu; aber sie blieb nicht dort, sondern verließ es sogleich wieder durch die andere Tür des Hauses, um sich am Ende der Wiese lachend und unter frechen Reden gegen Madeleine zu Sévère und ihrem Freier zu gesellen.

Die arme Müllerin konnte sich der Tränen nicht erwehren, als sie diese Wendung der Dinge sah.

«François hat recht», dachte sie, «dieses Mädchen liebt mich nicht und hat ein undankbares Herz. Sie will nicht einsehen, daß ich zu ihrem Besten handle, daß ich ihr Glück wünsche und sie nur vor einem Schritt bewahren möchte, den sie später bereuen wird. Sie hat den schlechten Ratschlägen Gehör geschenkt, und ich bin dazu verurteilt, zuzusehen, wie diese unselige Sévère Zwietracht und Bosheit in meine Familie trägt. Ich habe all dieses Leid nicht verdient, aber ich muß mich in Gottes Willen schikken. Es ist ein Glück für meinen armen François, daß er die Wahrheit besser erkannt hat als ich. Er hätte mit einer solchen Frau schwer gelitten!»

Sie suchte ihn, um ihn wissen zu lassen, welche Gedanken sie beschäftigten; aber als sie ihn wei-

nend beim Brunnen fand, meinte sie, er trauere
Mariette nach, und sagte ihm alle Trostworte, die
ihr nur einfallen wollten. Aber je mehr sie ihn zu
trösten versuchte, desto größer wurde der Schmerz,
den sie ihm zufügte, denn er hörte aus allem nur
heraus, daß sie die Wahrheit nicht einsehen wollte
und daß ihr Herz nicht fähig war, sich ihm in der
Weise zuzuwenden, wie er es wünschte.

Am Abend, als Jeannie zu Bett gegangen und im
Zimmer eingeschlafen war, blieb François noch ein
Weilchen bei Madeleine und versuchte, sich zu erklären. Er begann damit, ihr zu sagen, daß Mariette
irgendwie auf sie eifersüchtig war und daß die
Sévère abscheuliche Behauptungen und Lügen verbreitete.

Aber Madeleine erblickte keinerlei Bosheit darin.

«Was für Behauptungen kann man über mich
verbreiten?» fragte sie arglos. «Welche Eifersucht
kann man dieser armen kleinen Närrin Mariette in
den Kopf setzen? Man hat dich getäuscht, François; da muß irgend etwas anderes sein, irgendeine
Geldsache, von der wir später erfahren werden.
Was die Eifersucht angeht, das kann nicht sein; ich
bin zu alt, um einem hübschen jungen Mädchen
den Rang abzulaufen. Ich bin um die Dreißig, und
für eine Frau auf dem Land, die sehr viel Mühe und
Plage gekannt hat, ist das alt genug, um deine Mutter zu sein. Nur der Teufel könnte es wagen, zu behaupten, daß ich etwas anderes in dir sehe als meinen Sohn, und Mariette kann nicht daran zweifeln,
daß ich wünschte, euch miteinander zu verheiraten.
Nein, nein, glaube nicht, daß sie so verworfene Gedanken hegt, oder sag es mir nicht, mein Junge. Ich
könnte so viel Schmach und Schande nicht ertragen.»

«Und doch», sagte François, der sich überwand, um weiter davon zu sprechen, und dabei den Kopf über die Glut im Kaminfeuer neigte, um seine Verwirrung vor Madeleine zu verbergen, «und doch hatte Monsieur Blanchet einen so verworfenen Gedanken, als er verlangte, daß ich das Haus verlassen sollte!»

«So weißt du das also jetzt, François?» fragte Madeleine. «Woher weißt du es? Ich hatte es dir nicht gesagt und hätte es dir auch nie gesagt. Wenn Catherine davon gesprochen hat, war das unrecht von ihr. Ein solcher Gedanke muß dich ebensosehr entrüsten und betrüben wie mich. Aber denken wir nicht mehr daran und vergeben wir meinem verstorbenen Mann. Die Gemeinheit fällt auf die Sévère zurück. Aber heute kann die Sévère nicht mehr auf mich eifersüchtig sein. Ich habe keinen Mann mehr, ich bin so alt und so häßlich, wie sie es seinerzeit nur wünschen konnte, und das ist mir nicht unlieb, denn es gibt mir das Recht, Achtung zu fordern, dich wie meinen Sohn zu behandeln und dir eine schöne und junge Frau zu suchen, die froh ist, mit mir zusammenzuleben, und die mich wie ihre Mutter liebt. Das ist mein ganzes Verlangen, François, und wir werden sie schon finden, sei ohne Sorge. Um so schlimmer für Mariette, wenn sie für das Glück blind ist, das ich ihr verschafft hätte. Komm, geh schlafen und sei getrost, mein Junge. Wenn ich das Gefühl hätte, für deine Heirat ein Hindernis zu sein, würde ich dich augenblicklich auffordern, mich zu verlassen. Aber du kannst sicher sein, daß ich für keinen Menschen ein Grund zur Beunruhigung bin und daß man niemals das Unmögliche vermuten wird.»

Während François Madeleine zuhörte, dachte er,

daß sie recht hatte, so sehr war er daran gewöhnt, ihr zu glauben. Er erhob sich, um gute Nacht zu sagen und fortzugehen; aber als er ihre Hand ergriff, kam er zum erstenmal in seinem Leben auf den Gedanken, sie anzuschauen, um zu sehen, ob sie alt und häßlich war. In Wirklichkeit hatte sie selbst infolge ihres allezeit züchtigen und traurigen Lebens eine irrige Vorstellung gewonnen, während sie immer noch die gleiche hübsche Frau war wie zuvor.

Und so kam sie François unvermittelt sehr jung vor; er fand sie so schön wie die Heilige Jungfrau, und sein Herz pochte, als hätte er eben eine Kirchturmspitze erklommen. Und er ging zum Schlafen in seine Mühle, wo er sich auf ein paar Brettern inmitten der Mehlsäcke ein fein säuberliches Bett bereitet hatte. Und als er dort allein lag, fing er an zu zittern und nach Atem zu ringen wie in einem Fieberanfall. Aber in Wirklichkeit war er nur liebeskrank, denn er fühlte sich eben zum erstenmal von einer hoch lodernden Flamme verzehrt, die sein Leben lang sachte unter der Asche geglommen hatte.

XXV

Von diesem Augenblick an war der Champi so traurig, daß sein Anblick ein rechter Jammer war. Er arbeitete für vier, aber er hatte keine Freude und keine Ruhe mehr, und Madeleine konnte nicht aus ihm herausbekommen, was mit ihm los war. Er mochte lange schwören, daß er Mariette weder liebte noch nachtrauerte. Madeleine wollte es nicht glauben und konnte sich seine Trübsal nicht anders erklären. Es bedrückte sie sehr, ihn leiden zu sehen und sein Vertrauen nicht mehr zu besitzen, und es erstaunte sie ungemein, daß dieser junge Mann sich in seinem Verdruß so trotzig und so stolz zeigte.

Da es nicht in ihrem Wesen lag, die anderen zu quälen, faßte sie den Entschluß, nicht mehr mit ihm darüber zu sprechen. Sie unternahm wohl noch diesen oder jenen Versuch, Mariette zur Rückkehr zu bewegen, aber sie wurde so übel empfangen, daß sie den Mut verlor und sich still verhielt; und so angstbeklommen ihr Herz war, gab sie sich alle Mühe, sich nichts anmerken zu lassen, aus Furcht, das Leid der anderen zu verschlimmern.

François diente ihr nach wie vor mit demselben Eifer und derselben Redlichkeit. Wie in den vergangenen Zeiten leistete er ihr möglichst viel Gesellschaft. Aber er redete nicht mehr gleich mit ihr wie früher. Er war in ihrer Gegenwart unablässig in einer Art Verwirrung. Er wurde beinahe gleichzeitig feuerrot und schneeweiß, so daß sie ihn krank wähnte und sein Handgelenk faßte, um festzustellen, ob er womöglich Fieber hatte; aber er zog sich von ihr zurück, als hätte sie ihm mit der bloßen Berührung weh getan, und manchmal sagte er ihr vorwurfsvolle Worte, die sie nicht verstand.

Und dieses Zerwürfnis verschlimmerte sich von Tag zu Tag mehr zwischen ihnen. Unterdessen machten die Vorbereitungen für Mariettes Hochzeit mit Jean Aubard große Fortschritte, und die Eheschließung wurde auf den Tag festgelegt, an dem Mademoiselle Blanchets Trauerzeit endete. Madeleine hatte Angst vor diesem Tag; sie dachte, François werde darob verrückt, und sie beabsichtigte, ihn für ein Weilchen zu seinem ehemaligen Meister Vertaud nach Aigurande zu schicken, um ihn auf andere Gedanken zu bringen. Aber François wollte vermeiden, daß Mariette glaubte, was Madeleine so beharrlich dachte. Er offenbarte dem jungen Mädchen gegenüber keinerlei Verdruß. Er unterhielt sich ganz freundschaftlich mit ihrem Verlobten, und wenn er auf irgendeinem Weg der Sévère begegnete, wechselte er Scherzworte mit ihr, um ihr zu zeigen, daß er sie nicht fürchtete. Am Tag der Hochzeit wollte er auch dabeisein; und da er aufrichtig froh war, daß diese Kleine das Haus verließ und Madeleine von ihrer falschen Freundschaft befreit war, kam niemand auf den Gedanken, er sei je in sie verliebt gewesen. Sogar Madeleine fing an, sich davon zu überzeugen oder wenigstens zu denken, er habe sich getröstet. Sie empfing Mariettes Lebewohl mit ihrer altgewohnten Gutherzigkeit; aber da das junge Mädchen des Findelkinds wegen eine Pike auf sie bewahrte, merkte sie deutlich, daß es sie ohne Bedauern und ohne Güte verließ. Die gute Madeleine war so an Kummer und Leid gewöhnt, daß sie wegen Mariettes Bosheit Tränen vergoß und für sie zum lieben Gott betete.

Und nach etwa acht Tagen sagte François ihr unvermittelt, er habe in Aigurande zu tun und werde fünf oder sechs Tage dort verbringen; das verwunderte sie nicht, und sie freute sich sogar, weil sie dachte, die Veränderung werde seiner Gesundheit gut tun, denn sie hielt ihn für krank, weil er sein Leid allzusehr unterdrückt hatte.

Dieses Leid, von dem François geheilt schien, verschlimmerte sich indessen alle Tage mehr in seinem Herzen. Er konnte an nichts anderes denken; und ob er nun schlief oder wachte, ob er fern war oder nahe, war Madeleine ständig in ihm und vor seinen Augen. Es stimmt gewiß, daß er sein ganzes Leben damit zugebracht hatte, sie zu lieben und von ihr zu träumen. Aber bis in die jüngste Zeit waren diese Gedanken seine Freude gewesen und sein Trost, während sie ihm jetzt unvermittelt lauter Unglück und Verzweiflung bedeuteten. Solange er sich damit zufriedengegeben hatte, ihr Sohn zu sein und ihr Freund, hatte er sich auf Erden nichts Besseres gewünscht. Aber seitdem die Liebe seinen Sinn verändert hatte, war er todunglücklich. Er meinte, sie könne sich niemals in der gleichen Art ändern wie er. Er warf sich vor, zu jung zu sein, diese Frau als zu unglückliches und zu kleines Kind kennengelernt und ihr zuviel Kummer und Sorgen bereitet zu haben, so daß sie keinen Anlaß hatte, stolz auf ihn zu sein, sondern nur, sich um ihn zu sorgen und ihn zu bemitleiden. Und schließlich fand er sie so schön und so liebenswert, ihm so hoch überlegen und so begehrenswert, daß er in ihrer Behauptung, nicht mehr jung und schön zu sein, nur die Absicht erblickte, ihn auf diese Weise daran zu hindern, um sie zu werben.

Unterdessen begannen die Sévère und die Mariette mitsamt ihrer Sippschaft, sie seinetwegen laut zu verunglimpfen, und er hatte große Angst, das Ärgernis könne ihr zu Ohren kommen und vor lauter Verdruß werde sie wünschen, ihn fortgehen zu sehen. Er sagte sich, daß sie ein allzu gütiger Mensch war, um dies von ihm zu verlangen, aber daß sie ein weiteres Mal um seinetwillen leiden würde, wie sie bereits gelitten hatte, und nun wollte er in allen diesen Dingen den Herrn Pfarrer von Aigurande um Rat fragen, den er als gerechten und gottesfürchtigen Mann kannte.

Er ging zu ihm, traf ihn aber nicht an. Er war verreist, um seinen Bischof zu besuchen, und François kehrte zum Übernachten in Jean Vertauds Mühle zurück und nahm die Einladung an, zwei oder drei Tage dort zu Besuch zu bleiben, bis der Herr Pfarrer wieder da war.

Er fand seinen wackeren Meister unverändert als den liebenswürdigen Mann und guten Freund, als den er ihn verlassen hatte, und er sah auch seine ehrbare Tochter Jeannette wieder, welche sich anschickte, einen rechtschaffenen Mann zu heiraten, den sie eigentlich mehr aus Vernunft nahm denn aus Verliebtheit, für den sie aber zum Glück mehr Achtung hegte als Widerwillen. Dadurch fühlte François sich ihr gegenüber freier als je zuvor, und da der nächste Tag ein Sonntag war, plauderte er ausführlicher mit ihr und bewies ihr sein Vertrauen, indem er ihr alle die Schwierigkeiten erzählte, aus denen er Madame Blanchet zu seiner großen Freude hatte retten können.

Und wie so ein Wort das andere ergibt, erriet Jeannette, die recht scharfsichtig war, daß diese Zuneigung den Champi viel stärker umtrieb, als er zugeben wollte. Unvermittelt faßte sie seinen Arm und sprach: «François, Ihr dürft mir nichts mehr verheimlichen. Ich bin jetzt vernünftig, und Ihr seht, daß ich Euch ohne zu erröten sagen kann, wieviel mehr ich an Euch gedacht habe als Ihr an mich. Es war Euch bekannt, nur habt Ihr diese Gefühle nicht erwidert. Aber Ihr habt mich nie täuschen wollen, und der Eigennutz hat Euch nicht dazu verleitet, etwas zu tun, das viele andere an Eurer Stelle getan hätten. Wegen dieses Verhaltens und der Treue, die Ihr einer über alles geliebten Frau bewahrt habt, achte ich Euch, und anstatt zu verleugnen, was ich für Euch empfunden habe, bin ich vielmehr froh, mich daran zu erinnern. Ich bin sicher, daß Ihr mir noch ein wenig mehr Achtung zollen werdet, weil ich Euch dies sage, und daß Ihr mir die Gerechtigkeit widerfahren laßt, zuzugeben, daß Eure Besonnenheit mir weder Zorn noch Groll eingeflößt hat. Ich will Euch einen noch besseren Beweis dafür liefern, und zwar stelle ich mir die Sache folgendermaßen vor: Ihr liebt Madeleine Blanchet nicht ganz unbefangen wie eine Mutter, sondern recht eigentlich wie eine Frau, die jung und anmutig ist und deren Mann Ihr gerne sein möchtet.»

«Oh!» sagte François und errötete wie ein Mädchen, «ich liebe sie wie meine Mutter, und mein Herz ist ganz von Achtung erfüllt.»

«Das bezweifle ich nicht», erwiderte Jeannette, «aber Ihr liebt sie auf zweierlei Art, denn Euer Gesicht verrät mir das eine, während Eure Worte etwas anderes verraten. Nun gut! François, Ihr getraut Euch nicht, ihr zu sagen, was Ihr nicht einmal mir gegenüber einzugestehen wagt, und Ihr wißt nicht, ob sie Eure beiden Arten, sie zu lieben, erwidern kann.»

Jeannette Vertaud sprach so sanft und so ver-

nünftig mit François und begegnete ihm mit einem
Ausdruck so aufrichtiger Zuneigung, daß er nicht
den Mut fand, sie anzulügen; er drückte ihre Hand
und sagte ihr, daß sie für ihn wie eine Schwester
war und der einzige Mensch auf Erden, dem er sein
Geheimnis zu eröffnen wagte.

Nun stellte Jeannette ihm allerlei Fragen, und er
beantwortete sie wahrheitsgetreu und voller Vertrauen. Und dann sagte sie ihm: «François, mein
Freund, nun weiß ich Bescheid. Ich kann nicht wissen, was Madeleine Blanchet denken wird; aber ich
merke deutlich, daß Ihr zehn Jahre bei ihr verbringen würdet, ohne je den Wagemut zu haben, ihr
Euren Liebeskummer einzugestehen. Nun gut, ich
werde es in Erfahrung bringen und es Euch sagen. Wir brechen morgen früh auf, mein Vater, Ihr
und ich, und wir gehen zu ihr, um gewissermaßen
mit der ehrenwerten Person, die unseren Freund
François aufgezogen hat, Bekanntschaft zu schließen und ihr einen Freundschaftsbesuch abzustat-
ten; Ihr werdet meinem Vater den Besitz zeigen, als
wolltet Ihr ihn um Rat bitten, und unterdessen will
ich mit Madeleine sprechen. Ich werde ganz behutsam vorgehen und Eure Absichten erst äußern, wenn
ich über ihre eigenen mit Sicherheit Bescheid weiß.»

François kniete sozusagen vor Jeannette nieder,
um ihr für ihr gutes Herz zu danken, und dann
wurde alles mit Jean Vertaud abgesprochen, dem
seine Tochter mit der Zustimmung des Findelkinds
die ganze Sachlage erklärte. Am folgenden Morgen
machten sie sich auf den Weg; Jeannette saß hinter
ihrem Vater auf, und François ritt eine Stunde
voraus, um Madeleine von dem bevorstehenden Besuch zu unterrichten.

François kam gegen Sonnenuntergang nach Cormouer zurück. Unterwegs überraschte ihn ein gewaltiger Gewitterregen; aber das störte ihn nicht, denn er setzte eine große Hoffnung auf Jeannettes Freundschaft, und sein Herz war viel ruhiger als auf dem Hinweg. Die Wolken tropften sich auf den Büschen aus, und die Amseln sangen voller Ausgelassenheit, um ein Lächeln zu begrüßen, das die Sonne ihnen zusandte, ehe sie hinter dem Hügel von Grand-Corlay unterging. Die kleinen Vögel flatterten scharenweise vor François von Zweig zu Zweig, und das Gezwitscher, das sie ertönen ließen, erfreute sein Gemüt. Er dachte an die Zeit, als er ein ganz kleiner Junge war, der träumend und verspielt über die Wiesen schlenderte und dabei pfiff, um die Vögel anzulocken. Und auf einmal sah er einen Dompfaffen, der in anderen Gegenden Blutfink genannt wird und der seinen Kopf umflatterte, als wollte er ihm gut Glück und gute Botschaft verkünden. Und seinetwegen fiel ihm ein uraltes Liedlein ein, das seine Mutter Zabelle ihm vorzusingen pflegte, um ihn in Schlaf zu wiegen, und das in der Sprache der vergangenen Zeiten in unserer Gegend folgendermaßen lautete:

> *Une pive,*
> *Cortive,*
> *Anc ses piviots,*
> *Cortiviots,*
> *Livardiots,*
> *S'en va pivant,*
> *Livardiant,*
> *Cortiviant.**

* Etwa: Ein Dompfaff, / Ein Kurzschwanz / Und seine Dompfäfflein, / Die Kurzschwänzlein, / Landstreicherlein, / Entfliegt dompfäffelnd, / Landstreichernd, / Kurzschwänzelnd.

Madeleine hatte ihn nicht so schnell zurückerwartet. Sie hatte sogar befürchtet, er werde überhaupt nicht wiederkommen, und als sie ihn sah, konnte sie es sich nicht versagen, ihm entgegenzulaufen und ihn zu küssen, und das Findelkind wurde darob so zündrot, daß sie sich verwunderte. François setzte sie von dem Besuch in Kenntnis, der im Anzug war, und um zu verhindern, daß sie Argwohn schöpfte, denn man hätte meinen können, er fürchte ebensosehr, seine Absicht erraten zu lassen, wie es ihn bekümmerte, nicht erraten zu werden, gab er ihr zu verstehen, Jean Vertaud trage sich mit dem Gedanken, in ihrer Gegend Land zu erwerben.

Da machte Madeleine sich ans Werk, um alles vorzubereiten und François' Freunde so festlich wie möglich zu empfangen.

Jeannette betrat das Haus als erste, während ihr Vater das Pferd in den Stall führte; und sobald sie Madeleines ansichtig wurde, brachte sie ihr sogleich eine große Zuneigung entgegen, und das war beidseitig; und nach einem ersten Händedruck begannen sie beinahe sofort, sich gleichsam François' zuliebe zu umarmen und sich vollkommen zwanglos zu unterhalten, als wären sie alte Bekannte. In Wirklichkeit waren die beiden Frauen sehr gütige Wesen und so zusammen von unschätzbarem Wert. Jeannette gestand sich ein, daß es ihr einen kleinen Stich ins Herz gab, Madeleine so sehr von dem Mann geliebt zu sehen, den sie vielleicht selbst noch eine Spur liebhatte; aber sie empfand deswegen keinerlei Eifersucht, und sie wollte sich mit der guten Tat, die sie vorhatte, darüber hinwegtrösten. Madeleine ihrerseits sah dieses wohlgestalte Mädchen mit dem einnehmenden Gesicht und dachte, François habe ihretwegen an Liebe und Sehnsucht gelitten, nun sei ihm ihre Hand gewährt, und sie sei gekommen, um es ihr persönlich mitzuteilen; und auch sie wurde deswegen in keiner Weise eifersüchtig, denn sie hatte stets nur an François gedacht wie an ein Kind, das sie selbst zur Welt gebracht.

Aber noch am gleichen Abend nach dem Essen, als Vater Vertaud sich von der Reise ermüdet schlafen legte, zog Jeannette Madeleine hinaus ins Freie und gab François zu verstehen, er solle mit Jeannie in der Nähe bleiben, um sich zu ihnen gesellen zu können, sobald er sah, daß sie den Zipfel ihrer Schürze herunterklappte, den sie seitlich hochgesteckt hatte; und dann entledigte sie sich gewissenhaft ihres Auftrags, und zwar so geschickt, daß Madeleine keine Gelegenheit fand, in verwunderte Rufe auszubrechen. Allerdings war sie baß erstaunt, als sich nach und nach alles aufklärte. Zunächst vermeinte sie, darin nochmals François' gutes Herz zu erkennen, der beabsichtigte, der üblen Nachrede einen Riegel vorzustoßen und sich ihr für sein ganzes Leben nützlich zu machen. Und sie wollte abschlägig antworten, weil sie fand, es sei eine übertriebene Gewissenhaftigkeit, wenn ein so junger Mann eine Frau heiraten wollte, die älter war als er; er werde es später bereuen und ihr nicht lange die Treue halten können, ohne Verdruß und Bedauern zu empfinden. Aber Jeannette führte ihr vor Augen, daß der Champi so heftig und so ungestüm in sie verliebt war, daß er darob seine Ruhe und seine Gesundheit verlor.

Das war für Madeleine unfaßlich, denn sie hatte in so großer Züchtigkeit und Zurückgezogenheit gelebt, ohne sich je schönzumachen, ohne je ihr Haus zu verlassen, ohne je einer Schmeichelei Gehör zu schenken, daß sie keine Ahnung mehr hatte, wie sie in den Augen eines Mannes erscheinen konnte.

«Und schließlich», sprach Jeannette, «da Ihr ihm nun einmal so gut gefallt und er vor Gram sterben wird, wenn Ihr ihn abweist, wollt Ihr Euch dennoch beharrlich weigern, einzusehen und zu glauben, was man Euch sagt? Wenn Ihr das tut, dann ist es eben, weil dieser arme Junge Euch mißfällt und es Euch Verdruß bereitete, ihn glücklich zu machen.»

«Sagt das nicht, Jeannette», entgegnete Madeleine; «ich liebe ihn ungefähr gleich oder sicherlich nicht weniger als meinen Jeannie, und wenn ich geahnt hätte, daß seine Gedanken sich in einer anderen Weise mit mir beschäftigten, wäre ich in meiner Zuneigung ganz ohne Zweifel nicht so gleichmütig geblieben. Aber was wollt Ihr? Ich dachte an nichts dergleichen, und ich fühle mich in meinen Sinnen noch so verwirrt, daß ich nicht weiß, was ich Euch antworten soll. Ich bitte Euch, mir Zeit zu lassen, um darüber nachzudenken und mit ihm darüber zu sprechen, denn ich muß mir Gewißheit verschaffen, ob er nicht von irgendwelchen Hirngespinsten oder einem von mir unabhängigen Verdruß dazu getrieben wird oder vom Gefühl einer Pflicht, die er mir gegenüber erfüllen will; denn vor allem davor habe ich Angst, und ich finde, daß er mich mehr als reichlich für alle Sorge entlohnt hat, die ich ihm habe angedeihen lassen, und daß es zuviel wäre, mir zudem noch seine Freiheit und seine Person zu schenken, es sei denn, er liebt mich wirklich, wie Ihr glaubt.»

Als Jeannette dies hörte, klappte sie ihren Schürzenzipfel herunter, und François, der sich in der Nähe befand und sie nicht aus den Augen ließ, gesellte sich zu ihnen. Jeannette bat Jeannie sehr geschickt, ihr den Brunnen zu zeigen, und die beiden gingen fort und ließen Madeleine und François allein.

Aber Madeleine, die sich eingebildet hatte, das Findelkind in aller Gemütsruhe ausfragen zu können, war plötzlich keines Wortes mehr mächtig und so verschämt wie ein fünfzehnjähriges Mädchen; denn diese Art Scham, deren Anblick so herzerquickend und wohlanständig ist, hängt nicht vom Alter ab, sondern von der Unschuld des Geistes und des Betragens. Und als François seine liebe Mutter rot werden und zittern sah wie er selbst, erriet er, daß dies noch besser für ihn war als das gleichmütige Gehaben, das sie im Alltag offenbarte. Er faßte ihre Hand und ihren Arm und brachte kein einziges Wort hervor. Aber als sie, immer noch zitternd, in die Richtung aufbrechen wollte, in der Jeannie und Jeannette sich entfernt hatten, hielt er sie mit sanfter Gewalt zurück und zwang sie, mit ihm zum Haus zu gehen. Und als Madeleine fühlte, wie sein Wille ihm die Kühnheit verlieh, sich dem ihren zu widersetzen, begriff sie besser als durch Worte, daß nicht mehr ihr Junge, der Champi, neben ihr ging, sondern François, ihr Liebster.

Nachdem sie ein Weilchen wortlos, aber mit so eng verschlungenen Armen wie zwei Rebstöcke, nebeneinander hergegangen waren, sagte François zu ihr: «Wir wollen zum Brunnen gehen, vielleicht finde ich dort meine Sprache wieder.»

Und am Brunnen trafen sie Jeannette und Jeannie nicht mehr an, denn sie waren bereits im Haus. Aber François fand wieder den Mut zu sprechen, als er sich erinnerte, daß er Madeleine hier zum erstenmal erblickt hatte und daß es wiederum hier gewesen war, wo er ihr elf Jahre später Lebewohl ge-

sagt hatte. Es ist anzunehmen, daß er äußerst beredt war und daß Madeleine ihm nichts zu entgegnen wußte, denn um Mitternacht waren sie immer noch dort, und sie weinte vor Freude, und er dankte ihr auf den Knien, daß sie bereit war, ihn zum Mann zu nehmen.

«... Hier endet die Geschichte», sagte der Hanfbrecher, «denn es wäre allzu lang, euch von der Hochzeit zu erzählen; ich war dabei, und am gleichen Tag, an dem das Findelkind Madeleine in der Kirche von Mers heiratete, wurde auch Jeannette in der Kirche von Aigurande getraut. Und Jean Vertaud wünschte, daß François und seine Frau und Jeannie, der über das alles sehr glücklich war, mit all ihren Freunden, Anverwandten und Bekannten gleichsam für eine Nachhochzeit zu ihm kamen, und die war denn auch so ausnehmend schön und schicklich und vergnügt, wie ich seitdem keine mehr erlebt habe.»

«So ist die Geschichte also in allen Einzelheiten wahr?» wollte Sylvine Courtioux wissen.

«Wenn sie es nicht ist, könnte sie es sein», antwortete der Hanfbrecher, «und wenn Ihr mir nicht glaubt, dann geht hin und schaut selber nach.»

Nachwort

Vieles möchte uns heutzutage einreden, es sei wieder eine Zeit gekommen, da uns George Sand in besonderem, ja neuem Licht fesseln könnte. Die Frau, die nicht davon loskam, zu pröbeln, wie sie ihren Namen schreiben sollte: als scheinbarer Plural (Georges) oder als Singular (George) – das eine korrekt französisch, aber logisch unzutreffend –, die Frau, die als leidenschaftliche Mutter mehrerer Kinder die nicht minder leidenschaftliche Geliebte und Freundin genialer Zeitgenossen war. Die die Zeitgenossen immer neu skandalisierte, wenn sie in Männerkleidung auf den Straßen von Paris erschien, und kaum weniger, wenn sie der Mundart ihres Herkommens, des Berry, immer wieder einmal Wege bahnte zur Hochsprache.

Denn schreiben tat sie auch. Unermüdlich. Ihre Liebesabenteuer erfrischten sie, sie stand dann auf vom Lager, ging an ihren Schreibtisch und schrieb die ganze Nacht hindurch. Mit dem schwachen Geschlecht hatte sie nur die Ansprechbarkeit und eine gewisse Kritiklosigkeit gemeinsam. So lebte sie unangefochten von Minderwertigkeitsgefühl neben den wahrhaft Genialen ihrer Zeit einher: Balzac, Musset, Hugo, Chopin, Flaubert, Delacroix. Wenn es zur Geliebten nicht reichte, so immer noch – und das ist vielleicht noch rarer – zur Mutter. Bewundern wir sie dafür aber nicht leichtfertig! Instinktiv angezogen *suchte* sie die zu Bemutternden. Sie fühlte sich hingezogen zu den Anfälligen, den Gefährdeten, den Komplizierten. In ihnen fand ihre robuste Natur eine natürliche Ergänzung. Kein Wunder, daß sie auch in Paris die Frau vom Land blieb, ja, diese Seite ihrer Natur bewußt auskristallisierte. Wenn sie wirklich Neues für die französische Literatur herbeigetragen hat, so war es das Ländliche, im weiteren Sinn Provinzielle.

Die spätere George Sand wurde unter dem Namen Aurore Amantine Lucile als Tochter von Maurice Dupin de Francueil und Sophie Delaborde 1804 geboren. Ihr Vater starb schon 1808 an einem Sturz vom Pferd. Fortan herrschte wenig Ordnung in der Erziehung des Kindes. Es blieb in Nohant, wo die Familie ein Schlößchen besaß. Die Mutter ging nach Paris. Sieben Jahre später steckte sie die Tochter in eine Pariser Klosterschule, der Freiheit auf dem Land folgte die Strenge der Klosterregeln, denen sich das Mädchen aber durch seine Phantasie anpaßte: es hatte «Erscheinungen». Schon 1822 verheiratete sich Aurore mit dem Baron Casimir Dudevant, von dem sie zwei Kinder bekam. Im übrigen war die Ehe sehr unglücklich. 1830 machte Aurore die Bekanntschaft mit dem Schriftsteller Jules Sandeau, von ihm läßt sie sich inspirieren für ihr Pseudonym, das wir erstmals 1832 antreffen. Es folgt ihre Bindung an Alfred de Musset, mit ihm entdeckt sie die Schönheit von Venedig. Doch war Musset schon sehr krank, George Sand hat ihn sicher bis an den Rand seiner Kräfte beansprucht. Die Beziehung riß denn auch mit Unterbrüchen bald ab. George Sands Gefühle übertrugen sich auf Mussets Arzt. Aber sie hatte auch die Freude am Reisen gelernt und sollte später beachtliche Reiseberichte schreiben, wenigstens solang sie nicht vor allem an Nohant gebunden war, die Heimat. Sie verdiente sich schon bald den Ehrentitel einer Bonne Dame de Nohant, tat viel Gutes an ihren «Untertanen». Sie nahm auch aktiv teil am politischen Geschehen der Zeit. Spöttische Leute behaupteten allerdings, sie habe keinen Hochschein von Sozialismus. Ist es da zu hart, zu sagen, sie habe mit der Revolution von 1848 eher naiv kokettiert als wirklich an ihr teilgenommen?

Ihr Herkommen war bunt gemischt. Es gibt da Linien, die bis zu August dem Starken, dem König von Sachsen, führen. Es gibt den kleinen Adel in ihrem Stammbaum und das Beamtentum aus der Provinz, und viele Bastarde. Das war durchaus auf George Sands Linie. Ihr Schlößchen war klein, aber echt. Eine leutselige Schloßherrin wollte sie sein und wurde es auch. Sie kokettierte mit 1848, suchte ihren durch ihre Bücher geschaffenen Ruf für freiheitliche Ideen fruchtbar zu machen. Wenn François le Champi ein Findelkind ist und eine Bezeichnung trägt, die George nicht ins Hochfranzösische übersetzen wollte, so ist das ganz aus ihrem Wesen: *le champi* – also das auf dem *champ*, dem Feld, ausgesetzte, das Findelkind – ist ein ländliches Wort, das bis ins 16. Jahrhundert geläufig war, zur Zeit von George Sand aber archaisch wirkte – eines der vielen übrigens, die sie in ihre Bauerngeschichten einflicht und die zusammen mit dem mündlich gestimmten Tonfall des Erzählens dem Ganzen (was in einer Übersetzung natürlich nur in sehr abgeschwächter Weise wiedergegeben werden kann) etwas altertümlich Naives verleihen. Das ist, soll Volk sein, Herkommen, fast polemisch sich abhebend von der Elite der Gebildeten und der modernen Großstadt; und es ist zugleich die natur- und volksverbundene George Sand. Wenn sie aber gestiefelt und gespornt, mit einem Zylinderhut durch die Champs-Elysées ritt, so war sie, wenigstens von nicht ganz nahe, die geradezu adlige Dame, die auch in den Salons sich nicht verloren fühlte. Sie erntete übrigens oft Erfolge auf den Pariser Bühnen mit der Dramatisierung ihrer epischen Werke. Ganz glücklich war sie aber vor allem, wenn man in Nohant Theater spielte, mit Menschen oder Puppen. Wirklich überlebt haben jedoch nur ihre erzählenden Werke.

George Sand hat heute in Paris ihr Museum: das Musée Carnavalet im Marais hat ihr einen Saal reserviert. Das Musée Carnavalet ist aber das einstige Stadthaus der Madame de Sévigné, der «Muse» des 17. Jahrhunderts. Nicht auszudenken, mit welch spöttischer Genauigkeit Madame de Sévigné von dieser Feministin avant la lettre gesprochen hätte. Und doch: auch Madame de Sévigné war eine leidenschaftliche, bis zur Unerträglichkeit bemühte und bemühende Mutter. An ihrem Stadtschloß im Marais bewundern wir heute noch die groß erfundenen Reliefs von Jean Goujon. Das Schlößchen von Nohant ist unvergleichlich kleiner, beschaulicher, unscheinbarer, eine kleine Heimat; George Sand strebte immer wieder zu ihm hin. In ihm starb sie auch am 8. Juni 1876.

Es hätte nun sein können, daß sie sich ihrer Zeit auferlegt hätte bloß schon durch ihren naiv skandalösen Lebenswandel. Die Filmstars von heute haben wahrscheinlich nicht *mehr* an skandalösem Interesse zu geben als jene George Sand, die nicht wußte, sollte sie eine Sie oder ein Er sein, und die sich dem Pariser Publikum oft in Männerkleidern präsentierte. Aber es blieb nicht dabei. Wie der Phönix aus der Asche, so stand ihre Fabulierkunst beinahe unverletzt auf aus anrüchigen Nebengeräuschen. Es kam dann der Moment, wo sie sich zu rechtfertigen trachtete für ihren Lebenswandel. So entstand die «Histoire de ma vie», ein künstlerisch dürftiges Werk. Diese Bekenntnisse lesen wir kaum noch. George Sand ist uns wenig interessant durch ihre Affären. Sie war nun einmal eine ausgewachsene Männerfresserin, war es, weil sie guten Appetit hatte, sich lockerte, sich befreite durch ihren Umgang mit Männern – die Hauptsache kam erst nachher: in ihrem Schreiben ohne Pannen, vor dem man durchaus forschen darf nach verschiedenen Graden des Gelingens, nicht aber nach der inneren Notwendigkeit der einzelnen Bücher.

Über hundert Bände bilden also ihr Lebenswerk. Ich weiß nicht, wie viele dieser Bände heute noch ihre Leser finden. Auswahl ist da unerläßlich. Die Dramen haben heute ausgespielt, aber da ist das, was man ihre «Bergeries» nennt. Ländliche Geschichten, für die Frankreichs Literatur damals wenig Neigung zeigte. Der Bauer ist ja in Frankreichs Epik vor allem eine eher komische Figur, grob zurechtgeschustert, ohne jede Aussicht, sich verteidigen zu können gegen die geschliffene Kunst der Gebildeten. Aber da ist nun dieser kleine Band, der jetzt in der Manesse Bibliothek erscheint in dieser Art von kleinem Thesaurus der Literatur, und das verpflichtet.

Man hat mich mehrfach gefragt, warum jetzt diese George Sand? Wegen der heute geplanten Befreiung der weiblichen Menschheit? Als bloßes Kuriosum? Ich selber habe mir ja diese Frage auch oft gestellt. Es gab dann immer eine Rettung aus dem Dilemma: eben die «Petite Fadette», «La Mare au Diable», «François le Champi» vor allem. Das sind Bücher, die geschrieben werden durften, ja geschrieben werden mußten. Ein neuer Ton im französischen Wortkonzert, nein – genauer, im Katalog französischer Themen, ein neues Gesicht des alten Frankreich. Ein unbestechlicher Kritiker hat sogar gewagt zu sagen, hier seien die Georgica Frankreichs. Dieses habe seine Epen, seine Dramen aufgestellt und damit Unverwechselbares gerade in der Nutzung antiker Stoffe, in der es unsterblich geworden sei. Die Georgica, die Hirtengedichte dagegen fehlten ihm, bis George Sand gekommen sei. Nicht die George Sand der französischen Salons oder Straßen, sondern jenes Frankreich, das in den Nächten zu der einen schreibenden Frau hereinschattete, jenes Berry, voll von Hohlwegen, sumpfigen Pfaden und liebenswerten Menschen. Chopin und Musset waren wichtig für George Sand – wichtiger aber das, was die Bauern des Berry zu sagen hatten und endlich sagen durften. Meiner Generation noch hat man zwecks Erlernen des Französischen die «Petite Fadette», «François le Champi» als tugendhafte, moralische Lektüre in die Hände gegeben und dabei, ohne es zu wollen und zu ahnen, von vornherein Mißtrauen eingeflößt gegen George Sand. Diese Zeiten sind vorbei, Moral genügt nicht. Eigentlich bedürfen gerade solche Werke heute des findigen Lesers. Der Bauer ist zwar endlich literaturfähig geworden, aber über viele Klippen hinweg. Man denke nur an Ramuz, an Péguy. Ihren Bauern ist auch ein neuer Weggenosse entstanden im Arbeiter. Und mit neuen Augen erlebt der Mensch von heute die Vieille France. Es gibt einen Umweg direkt ins Ziel: die Landschaft, die Kathedralen. Und die Landschaften Corots, die Stilleben Chardins. George Sand kann nur mit Mühe solchen Vorbildern gegenüber bestehen. Aber wer bestünde da?

Elisabeth Brock-Sulzer

manesse im dtv

Weihnachten · Prosa aus der Weltliteratur
dtv 24000

Kinder in der Weltliteratur / dtv 24001

Legenden der Maya
von Antonio Mediz Bolio.
Mit 120 Illustrationen / dtv 24002

Die steinerne Blume
Märchen russischer Dichter / dtv 24003

Chinesische Geister- und Liebesgeschichten
Ausgewählt von Martin Buber.
Mit 17 Illustrationen / dtv 24004

Das Kopfkissenbuch der Hofdame Sei Shonagon
Mit 50 Illustrationen / dtv 24005

Arthur Conan Doyle
Sherlock-Holmes-Geschichten / dtv 24006

Christian Morgenstern · Sämtliche Galgenlieder
dtv 24007

Anton Tschechow · Meisternovellen
dtv 24008

August Strindberg · Meistererzählungen
dtv 24009

Emily Brontë · Sturmhöhe
dtv 24010

Mark Twain · Meistererzählungen
dtv 24011

Jane Austen · Stolz und Vorurteil
dtv 24012

manesse im dtv

Maxim Gorki · Meisternovellen
dtv 24013

Mary Shelley · Frankenstein
dtv 24014

Honoré de Balzac · Eine dunkle Affäre
dtv 24015

Theodor Storm · Meistererzählungen
dtv 24016

Henry James · Die Drehung der Schraube
dtv 24017

Tuti-Nameh · Das Papageienbuch
dtv 24018

Inseln in der Weltliteratur
Mit 26 Illustrationen / dtv 24019

Guy de Maupassant · Fünfzig Novellen
dtv 24020

Jerome K. Jerome · Drei Mann in einem Boot
Ganz zu schweigen vom Hund! / dtv 24021

Irische Erzähler
Ausgewählt von Elisabeth Schnack / dtv 24022

Jane Austen · Mansfield Park
dtv 24023

Johann Peter Hebel
Schatzkästlein des rheinischen Hausfreundes
dtv 24024

Iwan Turgenjew · Meistererzählungen
dtv 24025

manesse im dtv

Sarah Orne Jewett · Das Land der spitzen Tannen
Mit Zeichnungen von Hanny Fries / dtv 24026

Gottfried Keller · Die Leute von Seldwyla
dtv 24027

Charles Dickens · Große Erwartungen
dtv 24028

Nizami · Chosrou und Schirin
dtv 24029

Unter dem Kreuz des Südens
Erzählungen aus Mittel- und Südamerika
dtv 24030

Ernest Feydeau · Fanny
dtv 24031

Emily Brontë · Jane Eyre
dtv 24032

Eduard Mörike · Gedichte und Erzählungen
dtv 24033

Muschelprinz und Duftende Blüte
Liebesgeschichten aus Thailand / dtv 24034

Stratis Myrivilis · Die Madonna mit dem Fischleib
dtv 24035

Herman Melville · Moby Dick
dtv 24036

George Sand · François das Findelkind
dtv 24037

D.H. Lawrence · Meisternovellen
dtv 24038